옥상에서 10분만

푸른도서관 74

옥상에서 10분만

초판 1쇄 / 2016년 2월 15일
초판 2쇄 / 2017년 6월 30일

지은이 / 조규미
펴낸이 / 신형건
펴낸곳 / (주)푸른책들
등록 / 제321-2008-00155호
주소 / 서울특별시 서초구 양재천로7길 16 푸르니빌딩 (우)06754
전화 / 02-581-0334~5 팩스 / 02-582-0648
이메일 / prooni@prooni.com 홈페이지 / www.prooni.com
카페 / cafe.naver.com/prbm 블로그 / blog.naver.com/proonibook

글 ⓒ 조규미, (주)푸른책들, 2016
ISBN 978-89-5798-513-7 04810

＊잘못된 책은 구입한 곳에서 바꾸어 드립니다.
＊이 책 내용의 일부 또는 전부를 재사용하려면 반드시 저작권자와
(주)푸른책들 양측의 서면 동의를 얻어야 합니다.

이 도서의 국립중앙도서관 출판시도서목록(CIP)은 서지정보유통지원시스템 홈페이지(http://seoji.nl.go.kr)와
국가자료공동목록시스템(http://www.nl.go.kr/kolisnet)에서 이용하실 수 있습니다.
(CIP제어번호: CIP2015035959)

 (주)푸른책들은 도서 판매 수익금의 일부를 초록우산 어린이재단에
기부하여 어린이들을 위한 사랑 나눔에 동참합니다.

옥상에서
10분만

조규미 지음

푸른책들

차 례

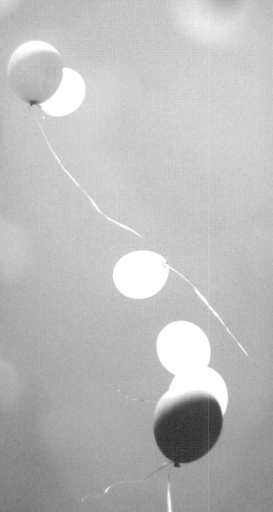

멘토 보고서

일요일 새벽, 휴대폰이 문자 오는 소리를 내며 부르르 떨었다. 나는 반사적으로 눈을 뜨고 베개 옆의 휴대폰을 확인했다. 어둠 속에서 액정 화면이 환한 빛을 내뿜고 있었다. 그 빛 속에 네 글자가 떠 있었다.

　-비. 상. 탈. 출.

　웬 뚱딴지 같은……. 발신자를 확인할 겨를도 없이 내 눈은 다시 감겼다. 그리고 다시 잠으로 미끄러져 들어갔다. 꿈 속에서 나는 은빛 오토바이를 타고 있었다. 처음에는 능숙하게 오토바이를 다뤘다. 하지만 어느 순간부터 오토바이는 내

의지와는 상관없이 제멋대로 달려갔다. 세우고 싶었지만 그럴 수 없었다. 질주하는 오토바이 위에서 나는 벌벌 떨고 있었다. 그러다가 어느새 어두운 상자 안에 갇혀 있었다. 그곳에서 나가고 싶었지만 나갈 수 없었다. 꿈 조각들에는 얼핏 비상구 표시나 낙하산 탈출 장면 같은 것도 있었던 것 같다. 어쨌든 정신없는 꿈속을 지나 아침에 일어났을 때는 밤새 도망이라도 다닌 듯 매우 피곤하고 지친 느낌이었다.

휴대폰은 방전된 상태였다. 나는 몸을 일으키자마자 휴대폰 배터리를 충전하기 시작했다. 그러고는 다시 드러누워 아프리카 대륙이 살짝 녹아내린 것처럼 얼룩진 천장을 바라보았다.

누굴까? 그런 이상한 문자를 보낸 사람은? 혹시……

머릿속에 한 사람이 떠올랐다. 아닐지도 모른다는 생각이 잠시 고개를 들었지만 다시 마음이 굳어졌다. 비상이니, 탈출이니, 이런 이상한 말을 지껄일 사람이 내 주변에는 없다.

'그래, 그 새끼야……'

그를 처음 만난 곳은 구청 교육실이었다. 봄이었나 보다. 기억 속의 그는 동복을 입고 있었다. 깔끔한 남색 재킷, 줄이 잘 선 회색 바지, 세련된 뿔테 안경 그리고 자신감에 찬 표정. 명문 학교 배지 밑에는 '강재현'이라고 쓰인 명찰이 붙어 있었다. 그는 모범생 냄새가 나는 선한 웃음을 지어 보이며 나를 바라보았다. 그 모습에 나는 왠지 모르게 주눅이 들었다.

"멘티 여러분, 여러분은 운이 좋습니다. 우리 지역에서 최고 명문 학교의 학생들이 여러분을 도와주기 위해 멘토를 자청했기 때문입니다. 그런 의미에서 여러분은 선택받은 사람들입니다. 이번 기회를 통해 여러분은 인생의 터닝 포인트를 만날 수도 있습니다. 그러기 위해서는 첫째, 약속을 잘 지켜야 합니다. 멘토와 만나는 날은 빠짐없이 출석해서 귀한 시간을 내준 멘토가 시간을 허비하는 일이 없도록 해야 합니다……."

구청 교육실에서는 명문고 학생들로 이루어진 멘토와 인근 중학교에서 뽑힌, 아니 뽑혔다기보다는 찍힌 중학생들로 이루어진 멘티들과의 첫 만남이 이루어지고 있었다.

구청에서 일하는 팀장이라는 사람이 나와 나를 포함한 멘티들이 운이 좋다고 거듭 말했다. 그 말을 듣고 있자니 속이 거북해졌다. 솔직히 말하면 나는 전혀 운이 좋지 않았다. 오히려 아주 나쁜 편이었다.

팀장의 연설은 자꾸자꾸 길어지는 수타국수처럼 늘어졌

다. 나는 앉아 있는 것이 점점 힘들어졌다. 하지만 꼼짝도 할 수 없었다. 옆에 앉은 멘토가 백만 와트짜리 랜턴으로 나를 비추며 지켜보는 것 같았기 때문이다.

그때였다. 그가 최신형 휴대폰을 꺼내 무릎에 올려놓더니 팀장의 눈을 피해 게임을 하기 시작했다. 아까의 모범생 모드와는 어울리지 않는 행동이었다. 나는 앞을 보는 척하면서 곁눈질로 그의 행동을 살폈다. 내 시선을 느낀 멘토가 고개를 들어 나를 보더니 씨익 웃었다.

'이건 뭐지?'

나는 멘토의 표정에서 뭐라고 표현할 수 없는 이상한 느낌을 받았다. 딴짓을 해서가 아니었다. 선한 미소 뒤에 숨겨진 또 다른 얼굴이랄까. 마치 잠시 보였다가 눈 깜짝할 새에 사라지는 비밀 코드를 엿본 기분이었다.

구청 팀장의 인사말이 끝나고 '첫인사 시간'이 되었다. 본격적인 멘토링은 다음 주부터 하고 오늘은 서로에 대해 소개하고 대화를 하라나. 멘토가 먼저 나에게 의례적인 질문을 던졌다.

"몇 학년이야?"

"중3……."

"나보다 두 살 아래네. 친형이라고 생각해. 나는 외동이라

형제가 없거든. 너 같은 동생 하나 있으면 좋겠다 싶던 참이야. 뭐, 나한테 궁금한 거 있니?"

나는 고개를 저었다.

"공부 잘해? 몇 등이야?"

갑작스러운 질문에 할 말을 잊었다. 약점을 콕 찔린 기분이었다. 어이가 없어서 가만히 있는데 멘토가 자기 말에 스스로 대답했다.

"하긴, 공부 잘하면 여기 안 오겠지."

분명 빈정거리는 말투인데도 그의 눈은 너무도 자상하게 웃고 있었다. 나는 입 밖으로 툭 튀어나오려는 말을 겨우 참았다.

'그쪽도 하는 꼴을 보니 남 말할 상황은 아닐 거 같은데? 명문고 다닌다고 다 모범생은 아니잖아!'

어색한 침묵이 흐르는데 일장 연설을 늘어놓던 팀장이 우리 자리로 다가왔다. 아까 게임하던 것을 보고 한마디 하려는 걸까. 하지만 팀장의 입에서 나온 말은 전혀 다른 이야기였다.

"재현아, 공부 잘하고 있지? 전교 1등이라며?"

그러자 멘토가 쑥스럽다는 표정을 지으며 웃었다.

"재현이 같이 훌륭한 학생이 이번 멘토링 프로그램에 합류

해 줘서 정말 고마워. 잘 부탁한다."

팀장은 멘토의 등을 가볍게 두드리더니 이번에는 나를 돌아보며 말했다.

"인마, 넌 행운아야. 이렇게 훌륭한 형을 멘토로 만났잖아. 앞으로 열심히 해."

그 순간 나는 어떤 표정을 지어야 할지 난감했다. 훌륭한 멘토를 만나게 해 주어 고맙다는 표정을 지어야 하는 건지, 재수 없는 놈이랑 짝지어 줘서 기분 나쁘다는 표정을 지어야 하는 건지.

'이 사람들, 나에 대해서도 다 아나? 학교에서 그런 이야기까지 다 한 걸까?'

나는 점점 더 불편해졌다. 목이 콱콱 막히고 머리도 띵하니 아픈 것 같았다.

멘토는 팀장이 나누어 준 일지를 펴더니 무언가를 적기 시작했다. 일지 맨 앞장의 표에는 '멘티에 대해 알아보기'라고 쓰여 있었다. 슬그머니 넘겨다보니 특기, 별명, 취미부터 좋아하는 과목까지 시시콜콜하게 묻고 있었다. 멘토는 그 항목을 채우기 위해 내게 이것저것 물어 댔다. 나는 모든 대답을 하나로 통일했다. '없다'라고. 그는 그대로 받아 적었다. 마지막 항목에 이르렀다.

"꿈은 뭐니?"

그의 말투에는 아무 감정도 실려 있지 않았지만 나는 왠지 모르게 기분이 나빠졌다. 뭐랄까, 모욕당한 느낌? 나는 치고 나오려는 성깔을 꽉 누르며 콧김만 세게 내쉬었다. 물론 멘토는 내가 콧김을 내쉬든지 콧물을 흘리든지 신경 쓰지 않았다.

"하긴 뭐, 나도 없는데……."

멘토는 내 기분은 안중에도 없다는 듯 중얼거리더니 빈칸에 뭐라고 길게 적었다. 뭐라고 쓰는지 슬쩍 보았다.

'아직은 없지만 멘티의 꿈을 이루는 데 조그만 도움이라도 주는 멘토가 되겠다고 다짐해 본다.'

기가 막혔다. 저런 말이 술술 나오다니. 저 인간의 글은 생각과 상관없이 펜 끝에서 줄줄 나오는 게 아닐까. 그러더니 멘토는 만족스러운 표정으로 일지를 덮었다. 그러면서 한마디 덧붙였다.

"너, 맘에 든다. 앞으로 잘해 보자."

끝나는 시간이 되자 나는 누구보다도 먼저 가방을 챙겨 구청 교육실을 나섰다. 앞으로 6개월간은 이 짓을 해야 한다고 생각하니 눈앞이 캄캄했다.

버스를 타기 위해 정류장에 서 있는데 멘토가 서둘러 뛰어

가는 모습이 눈에 띄었다. 그는 정류장 옆에 서 있는 고급스러운 검은색 승용차에 올라탔다. 승용차 안에는 중년 부인이 타고 있었다. 꽤 잘사는 집 자식인 모양이었다. 나는 내가 타야 할 버스가 오는 것도 모르고 차가 사라지는 모습을 바라보았다.

사실 나는 이런 프로그램에 참여하고 싶은 마음이 조금도 없었다. 하지만 생활지도가 나를 여기에 끼워 넣었다. 거의 협박이나 다름없었다.

"이번 일, 엄마한테 이야기 안 할게. 대신 내가 하라는 대로 해."

생활지도부장은 1학년 때인 재작년에 담임이었다. 꼬치꼬치 캐묻기 좋아하고 쓸데없는 일까지 관심을 가져서 골치가 아팠다. 담임일 때도 무슨 일만 있으면 엄마한테 쪼르르 전화를 해 댔다. 그러면 엄마는 앞에 있지도 않은 생활지도를 향해 꾸벅꾸벅 절을 하며 전화를 받았다.

"죄송합니다. 제가 잘못 가르쳐서……."

내가 구청에 가게 된 것도 생활지도가 쓸데없는 데까지 오지랖을 떨어 생긴 결과였다. 적어도 내 생각에는 그랬다.

"구청에서 진행하는 멘토링 프로그램이야. 이런 게 꼭 필요한 학생이 바로 너잖아. 여기 참여해. 너한테 도움이 될 거야."

나를 생각하는 척하며 말했지만 다른 아이들이 학원 간다고 미꾸라지처럼 빠져나가니까 나라도 집어넣은 것이 분명했다. 수업이 끝나고 할 일이 없는 애를 찾기가 쉽지 않은 세상이니까.

늘 그렇듯이 집 안으로 들어가자 익숙한 고요함이 나를 맞았다.

내가 눈뜨고 엄마 얼굴을 보는 시간은 하루에 고작 한 시간 정도다. 그마저도 보지 못하는 날이 많다. 청과 도매 시장에서 일하는 엄마는 늦은 오후에 출근하고 새벽에 퇴근한다. 그나마 가게 사장 아줌마가 파장하며 치맥이라도 권하면 엄마의 퇴근은 더 늦어진다.

집에 들어갔을 때 엄마의 흔적은 가스레인지 위에 올려져 있는 국과 전기밥솥 속의 밥이다. 하지만 나는 라면을 끓여 먹거나 떡볶이를 사다 먹는 날이 많았다.

엄마는 이런저런 잔소리는 했지만 호되게 야단치거나 윽박지르지 않았다. 말로 하지는 않지만 엄마는 내게 미안해하고 있었다. 밤 시간을 혼자 보내도록 만든 것에 대해……. 물론 처음에는 나도 혼자라서 불안했다. 하지만 이제는 너무나 편하고 익숙한 시간이 되었다. 밤늦게까지 게임을 해도,

늦게까지 싸돌아다녀도 집에서는 뭐라고 할 사람이 없었다.

이 동네에는 중학교 입학할 때 이사 왔다. 이곳 아이들은 대부분 학교가 끝나면 학원에 가느라 바빴다. 나도 처음에는 엄마 손에 이끌려 이 학원, 저 학원을 순례했다. 하지만 한 달 이상 다닌 학원이 없었다. 전부 몇 번 가다가 땡땡이쳤다. 엄마는 그때마다 화를 내기도 하고 달래기도 해 보았지만 나를 억지로 학원에 끌어다 앉히지는 못했다. 게다가 그즈음 아빠로부터 오던 생활비가 끊겼다. 엄마가 버는 돈으로는 두 식구가 먹고사는 데도 빠듯했다. 엄마는 더 이상 학원에 가라는 말을 하지 않았다.

가방을 던져 놓고 라면 물을 끓이기 시작했다. 배가 고파서 허리가 꺾일 지경이었다. 게다가 두 시간 내내 스트레스를 받아서인지 MSG를 섭취하지 않으면 머리가 돌 것 같았다.

라면 국물에 밥까지 말아 싹 해치운 뒤에야 나는 겨우 한마디 내뱉을 수 있었다.

"멘톤지 맨똥인지 재수 없게만 굴어 봐. 당장 때려치울 거니까."

화요일은 금방 돌아왔다. 재수 없는 얼굴을 또 맞대고 있어야 한다니……. 나는 아침부터 속이 체한 듯 더부룩했다.

'땡땡이칠까?'

도망갈 궁리를 하고 있는데 명학이가 쉬는 시간에 와서 엄청난 뉴스라며 설레발을 쳤다. 명학이는 나랑 1, 2학년 때 같은 반으로, 2년 내내 단짝처럼 지낸 친구다. 3학년이 되면서 다른 반이 되는 바람에 아쉬웠다. 키가 멀대처럼 큰 것 빼고는 나와 비슷한 점이 많은 놈이었다. 오늘따라 실실 웃는 게, 뭔가 들뜬 표정이었다.

"우리 형, 오토바이 샀다."

"정말? 너네 형, 돈 많나 봐?"

"알바해서 돈 벌었잖아. 중고로 샀어."

오토바이라니! 명학이의 형, 그렇게 안 봤는데 갑자기 멋져 보였다.

"오늘 와서 구경해. 형 저녁 때 알바 가거든. 오늘이 기회야!"

나는 수업이 끝나고 구청 교육실 대신 명학이네에 가려고 마음먹었다. 하지만 종례가 끝나고 뒷문에서 나를 부르는 사람이 있었다. 언제나처럼 머리를 질끈 묶은 채 트레이닝복을 입고 있는 생활지도부장이었다. 지금까지 생활지도가 치마를 입은 건 한 번도 본 적이 없다.

"야, 우지호! 오늘 멘토링 가는 날이지? 너, 빠질 생각은 애초에 하질 말아. 출석 상황 바로 나한테 보고된다."

그러면서 생활지도는 손으로 전화하는 시늉을 하며 덧붙였다.

"결석하면 알지? 어머니께 바로 전화하는 거."

나는 순식간에 얼굴이 굳었다. 약점도 이런 약점이 없다. 나는 여우 같은 생활지도가 쳐 놓은 덫에 걸린 불쌍한 짐승이었다.

학기 초였다. 3월의 싸늘한 공기가 어둑어둑해진 생활지도실을 떠돌고 있었다. 나는 생활지도에게 모든 자존심을 팽개치고 부탁했다. 제발 엄마한테 말하지 말아 달라고……

처음에는 완강했던 생활지도의 얼굴이 차츰 허물어졌다. 그녀는 가라앉은 음성으로 말했다.

"좋아. 이번엔 넘어갈게. 하지만 네가 변하지 않는다면 나는 어떤 것도 너랑 약속할 수 없어."

나는 고개를 푹 숙인 채 대답했다.

"약속할게요."

그날 일을 떠올리자 얼굴이 확확 달아오르고 온몸에서 벌레가 스멀거리는 것 같았다.

생활지도의 덫에 걸리게 된 것은 '우지호 생애 최악의 치

욕 사건' 때문이었다. 사실, 내가 아무 이유 없이 후배 녀석
을 괴롭힌 것은 아니었다. 먼저 까불고 나댄 건 그 녀석이었
다. 엄연히 학교 선배인 나를 동네 형이라 잘 안다는 이유로
무시하고 비웃었다. 나는 그 애가 영 마음에 안 들었다. 아
니, 꼭 한번 혼내 주고 싶었다. 그래서 명학이를 꼬드겨 함
께 혼내 주기로 했다. 명학이는 키가 커서 후배들은 그 앞에
서 함부로 까불지 못했다. 특히나 어두운 골목길에서는 더
그랬다. 말하자면 명학이는 '덩치'를 맡고 나는 '욕'을 맡은
것이다.

우리는 그 녀석이 학원에서 돌아오는 길목에서 기다리다
가 겁을 주고 돈을 빼앗았다. 유치한 방법이라는 건 나도 안
다. 물론 지금은 후회한다. 조금 다른 방법을 썼어야 했다.

그런데 그 녀석은 명학이 얼굴은 기억 못하고(아마 감히
올려다보지 못했을 것이다.) 내 얼굴만 똑똑히 새겨 두었다
가 생활지도에게 이른 것이다. 말하자면 그 녀석은 아주 똑
똑한 놈이었다. 나란 놈 뒤에 아무도 없다는 것을 알고 있었
던 것이다.

어머님께 알려야 한다는 생활지도 앞에서 나는 닭똥 같은
눈물을 흘리며 말했다.

"엄마에게 걱정 끼쳐 드리고 싶지 않아요. 요즘 너무 힘드

세요."

그때는 정말 생활지도의 바짓가랑이를 잡아서라도 엄마에게 알리는 것만은 피하고 싶었다. 다시는 그러지 않겠다는 다짐도 잊지 않았다. 다행히 그 일은 거기에서 마무리가 되었고 그 후 나는 생활지도가 하라는 대로 하는 신세가 되었다.

결국 나는 찍소리도 못하고 구청으로 향했다. 버스를 타고 가는 동안에도 내내 감시당하는 느낌이었다. 생활지도가 내 머리 꼭대기에 CCTV를 달아 놓은 것 같았다.

교육실에 들어서자 멘토와 멘티들이 길쭉한 책상 하나씩을 차지하고 짝을 지어 앉아 있었다. 내 멘토는 이미 와서 기다리고 있었다.

"공부할 책 가져왔지?"

아차차, 지난번에 멘토가 함께 공부하고 싶은 참고서나 자습서를 가져오라고 했는데 까맣게 잊고 있었다. 솔직히 나는 참고서 따위에 관심이 없다. 그런 단어는 머리에 들어오는 순간 연기처럼 사라져 버린다. 없다고 하자 멘토가 잠시 난감한 표정을 짓더니 어디론가 전화를 했다. 통화를 하다가 내게 물었다.

"수학 할까? 영어 할까?"

"……."

"내 맘대로 정해?"

나는 끄덕이는 걸로 대답을 대신했다.

"조금만 기다려. 사 올 거야."

무슨 뜻이지? 누가 뭘 사 온다는 거지? 나는 멘토의 말이 이해가 되지 않았다. 잠시 후 교육실 뒷문으로 나갔던 멘토가 손에 봉투를 들고 들어왔다. 그 속에는 참고서가 서너 권 들어 있었다.

'헉, 이건 무슨 시추에이션? 밖에 비서라도 대기하고 있나?'

나의 의아한 표정을 본 멘토가 별거 아니라는 듯 말했다.

"아, 이거? 엄마가 사 왔어. 내가 끝날 때까지 밖에서 기다리고 있거든."

엄마? 검은 승용차에서 기다리고 있던 사람? 나는 기가 막혔다. 이렇게 사는 사람도 있구나. 엄마한테 말하면 모든 게 해결되는 사람. 필요한 건 뭐든지 30분도 안돼 손안에 쥘 수 있는 사람…….

멘토가 참고서 하나를 펼치더니 설명하기 시작했다. 그가 하는 말이 귀에 들어오지 않았다. 물론 귀에 들어왔다 해도 무슨 뜻인지 몰랐을 것이다. 나는 멘토가 묻는 말에 몰라도 아는 척, 알고 있었는데 잊어버린 척하면서 시간을 때우느라 식은땀이 났다.

"자, 이제 문제 풀어 봐. 풀다가 모르는 거 있으면 물어보고."

그러더니 멘토는 휴대폰을 꺼내 게임을 하기 시작했다. 나도 휴대폰을 꺼내 몇 시인지 확인했다. 헉, 아직 40분이나 남았다. 내가 휴대폰을 만지작거리자 멘토가 나를 흘낏 보더니 말했다.

"왜, 공부하기 싫어? 그래도 넌 멘토링 끝나면 자유잖아. 나는 지금 잠깐 쉬는 시간이야. 멘토링 끝나고 학원 갔다가 11시부터 과외 시작이야."

"정말?"

"그래, 나도 진짜 탈출하고 싶다. 네가 부러워."

그러면서 멘토는 휴대폰을 신경질적으로 가방 속에 던져버리고 팔짱을 낀 채 눈을 감았다. 그는 그런 자세로 꼬박 15분을 잤다.

학교, 학원, 과외, 살 떨리는 공부 스케줄이다. 그래서 전교 1등인가? 아니면 전교 1등이라 그렇게 할 수 있는 걸까? 나더러 그렇게 하라면 도망갈 것 같다. 물론 그렇게 하라는 사람도 없지만……. 멘토의 세상은 내 세상과 너무나 달랐다. 그날도 멘토는 수업이 끝난 후 자신을 기다리던 검은 승용차를 타고 사라졌다.

"뭐, 어쨌든 재수 없어……."

복잡한 차도 속으로 사라지는 승용차의 꼬리등 불빛을 보며 나는 한마디 내뱉었다. 그렇게라도 하지 않으면 속이 콱 막혀 체할 것만 같았다.

버스를 타고 오는 길에 그가 사는 집은 어떨까 궁금해졌다. 저렇게 승용차가 기다리고 있고, 남의 참고서까지 선뜻 사 주고, 집에 가면 개인 교사가 기다리는 사람들. 그의 아버지는 돈을 잘 버는 중년 신사일 것이고 그의 어머니는 고상한 사모님일 것이다. 그런데도 내가 부럽다니. 이해할 수 없다.

집에 도착했을 때 가스레인지 위에는 감자탕이 조리돼 있었다. 내가 제일 좋아하는 요리다. 나는 가스레인지의 불을 켜고 밥을 한 공기 가득 펐다. 냉장고에서 김치를 꺼내고 펄펄 끓는 감자탕을 대접에 담았다. 마지막으로 TV를 켜고 볼륨을 한껏 높였다. 그러고는 우걱우걱 먹기 시작했다.

금요일 오후, 종례가 끝나서 가방을 챙기는데 누군가가 와서 어깨를 툭 쳤다. 명학이었다.

"오늘은 올 수 있지? 화요일 아니잖아."

녀석이 어지간히 오토바이를 보여 주고 싶은 모양이었다. 제 것도 아니면서……. 물론 나도 구경하고 싶었다.

"너, 탈 줄 알아?"

"그럼, 형 따라다니면서 배웠지."

명학이가 우쭐대며 말했다. 자신의 형을 그렇게 자랑스럽게 여기는 모습은 처음이었다.

그날 오후, 나는 명학이네 집에 갔다. 명학이 형은 아르바이트하러 가고 없었다. 아무래도 형이 나가는 시간을 노려 나를 부른 것 같았다.

오토바이는 기대 이상이었다. 중고로 보이지 않을 정도로 깨끗하고 반질반질했다. 명학이가 형 이야기를 하며 가끔 오토바이 이야기를 할 때도 오토바이가 이렇게 근사할 줄은 몰랐다.

명학이가 모는 오토바이 뒤에 앉자 가슴이 두근거렸다. 동네 배달 오토바이들과는 달랐다. 핸들과 몸체는 은빛으로 반짝반짝 빛났고 뒷좌석의 꽁지 부분은 날렵하게 올라갔다. 그 위에 걸터앉으면 '쉬잉' 하고 하늘로 날아갈 것만 같았다. 명학이는 서툴긴 했지만 오토바이를 다룰 줄 알았다. 우리는 명학이네 집이 있는 골목을 나가서 큰길이 있는 데까지 나갔다가 돌아왔다.

"나도 한번 타 보자."

대문 앞에 도착했을 때 나는 명학이에게 졸랐다. 하지만 명학이는 기겁을 했다.

"안 돼! 나도 몰래 타는 건데. 그리고 넌 탈 줄도 모르잖아. 난 형한테 배워서 이 정도 타는 거야."

"네가 가르쳐 주면 되잖아. 딱 조기까지만 타 볼게. 엉?"

명학이가 되는데 내가 안 될 리 없었다. 운동에 관한 한 축구면 축구, 농구면 농구, 명학이보다는 내가 훨씬 나았다. 명학이는 운동 신경이 둔한 편이었다.

나는 명학이네 대문 앞에서 골목 모퉁이에 있는 가게 앞 전봇대를 가리키며 사정사정했다. 명학이는 '딱 한 번'을 강조하며 오토바이에서 내렸다.

"자, 이게 클러치고 이게 브레이크야. 아니, 이거. 그렇지. 이거 잡고 가다가 설 때 이거 잡는 거야. 알았어?"

명학이는 오토바이 손잡이에 붙어 있는 레버들을 가리키며 말했다. 생각보다 간단했다. 명학이는 시동을 끈 상태에서 액셀 레버를 당기고 브레이크 잡는 방법을 반복해서 알려 주더니 시동을 걸어 주었다.

"조 앞까지 가서 이거 잡아. 딱 한 번만이야!"

명학이는 안심이 안 된다는 듯 몇 번이고 강조해서 말했다. 나는 고개를 끄덕이고 오토바이 위에 앉았다. 스타트 버튼을 누르고 핸들을 꽉 잡았다. 출발하면서 슬슬 속력이 올라갔다. 명학이가 뒤에서 소리쳤다.

"그만! 브레이크 잡아!"

하지만 조금 더 가고 싶었다. 나도 모르게 내 손은 액셀 레버를 살짝 당겼다. 속력이 났다. 명학이가 뒤에서 '야아아아아!' 하고 소리를 질렀지만 오토바이 엔진 소리에 파묻히고 말았다.

그런데 그 순간 오토바이가 오른쪽으로 갑자기 돌면서 앞으로 난 길을 벗어나 전봇대 옆에 있는 가게를 향해 돌진했다. 그러고는 내가 무언가를 할 사이도 없이 요란한 소리를 내며 가게 유리창이 깨졌다. 뒤늦게 브레이크 레버를 잡았지만 이미 유리창은 산산조각이 난 후였다.

사색이 된 명학이가 쫓아오고, 가게 안에서 주인아저씨가 기겁을 하고 나왔다. 브레이크를 잡는 순간 핸들에 가슴이 '턱!' 하고 부딪혔지만 그런 것에 신경 쓸 겨를이 없었다. 유리창이 깨진 가게는 길모퉁이에 자리한 부동산이었다.

"어, 어떡해……."

명학이가 부들부들 떨었다. 부동산 아저씨는 처음에는 붉

으락푸르락하며 표정 관리를 못했지만 잠시 후, 명학이가 아는 아이라 넘어가겠다며 대신 유리값은 꼭 변상해야 한다고 엄포를 놓았다. 그러면서 내 휴대폰 번호와 학교, 반, 번까지 모두 적어 갔다. 유리값 견적을 보낼 테니 꼭 갚으라는 것이었다. 갚지 않으면 명학이 부모님께 말씀드리고 학교에 연락하겠다며 겁을 줬다.

다행히 오토바이는 파손되지 않았다. 명학이는 부서진 데는 없지만 앞부분에 살짝 상처가 났다며 안절부절못했다. 자기 형은 분명 알 거라며…….

'브레이크를 빨리 잡을걸. 아니, 타지 말걸. 아니, 아예 명학이네 오지 말아야 했는데.'

나는 풀이 죽은 채 집으로 돌아왔다. 엄마한테 뭐라고 말해야 하나. 유리값이 얼마 정도 나올까. 작년에도 반 아이랑 싸우다 그 애 팔에 금이 가는 바람에 치료비를 물어 준 적이 있었다. 엄마가 그 애 엄마한테 얼마나 머리를 조아리며 미안하다고 하는지 속에서 부글부글 끓는 걸 참느라 혼났다. 나 혼자 두들겨 팬 것도 아닌데, 내가 먼저 때린 것도 아닌데, 다친 쪽이 그 애이기 때문에 나와 엄마는 죄인이 되었다. 그 일을 다시 반복할 생각을 하니 앞이 캄캄했다.

학기 초에 생활지도 앞에서 눈물, 콧물 섞어 가며 훌쩍인 것도 엄마를 또 죄인으로 만들기 싫어서였다.

'아빠한테 전화해 볼까?'

지금 아빠도 사정이 안 좋을 것이다. 그래도 이번만 부탁해 보자. 이번만.

나는 아빠에게 전화를 걸었다. 하지만 수화기에서는 맥 빠지는 소리가 흘러나왔다. 정지된 번호입니다……. 마지막으로 통화한 게 봄 방학 때였나. 하긴 아빠는 전화번호가 워낙 자주 바뀌니까 이상할 것도 없다. 이제 어떻게 한담. 걱정이 먹구름처럼 피어올랐다. 결국 엄마한테 말하는 수밖에 없는 건가.

다음 날인 토요일 저녁 휴대폰이 울렸다. 부동산 아저씨였다. 어른을 바꿔 달라고 했지만 바꿔 줄 어른이 없었다. 엄마가 일을 나가셨다고 하니 아저씨는 엄마 전화번호를 가르쳐 달라고 했다. 나는 아빠 전화번호를 가르쳐 주며 덧붙였다.

"엄마 전화번호인데 지금 정지되어 있어요. 전화해도 소용없어요."

아저씨는 씩씩대며 유리값을 빨리 보내라고 여러 번 당부한 뒤 전화를 끊었다.

주말 내내 망설였지만 끝내 엄마한테 이야기하지 못했다.

월요일 아침, 명학이가 득달같이 우리 반으로 찾아왔다. 오토바이 앞부분의 펜더에 부딪힌 흔적이 남아서 형이 생난리를 쳤다는 것이다.

'자식, 지금 그깟 흠 생긴 게 문제야? 유리값 땜에 죽겠는데…….'

내가 나답지 않게 심각한 표정을 짓자 명학이가 내 눈치를 보며 물었다.

"유리값은 어떻게 했어?"

"아직 못 줬어."

"부동산 아저씨, 전화 왔었어?"

내가 침울한 표정으로 고개를 끄덕이자, 명학이는 아무 말 않고 잠시 내 옆을 서성이더니 자기 반으로 돌아갔다.

그날 나는 늦은 시간까지 TV를 보며 졸리는 눈을 치켜떴다. 엄마를 기다리면서도 마음속에서는 '엄마한테 말해야 하는데' 하는 생각과 '말 안 하고 해결할 수 없을까' 하는 생각이 끊임없이 줄다리기를 했다. 그러다가 어느새 잠이 들고 말았다.

다음 날 아침에도 나는 엄마한테 말할 수 없었다. 엄마가 너무 곤히 자고 있었기 때문이다. 몇 번 깨웠지만 엄마는 '어, 학교 잘 갔다 와'라는 말만 하고 눈을 뜨지 못했다. 엄마의 숨결에서 옅은 술 냄새가 났다. 나는 어쩔 수 없이 그냥 학교에 갔다.

그날은 멘토링이 있는 날이었다. 수업이 끝난 후 생활지도의 눈총을 받으며 구청으로 향했다. 생활지도는 정말로 이게 나한테 도움이 된다고 생각하는 걸까. 나는 버스를 타고 가면서 몇 번이나 한숨을 내쉬었다.

그날은 멘토가 시험공부를 해야 한다며 내게도 자습을 하라고 했다. 나는 자리에 앉아 온몸을 뒤틀면서 30분을 버티다가, 화장실에 가는 척하며 일어나 구청 안을 여기저기 어슬렁거렸다. 그러다가 끝날 시간이 되어 교육실로 돌아왔는데, 멘토가 잠시 머뭇거리더니 내 휴대폰을 눈으로 가리키며 말했다.

"이상한 전화 왔었어."

그 순간 불길한 예감이 들었다.

"내가 넌 줄 알고 막 뭐라 그러던데, 유리값 빨리 갚으라고……."

멘토의 말에 얼굴이 확 달아올랐다.

"왜 남의 전화를 받아!"

창피하고 자존심이 상했다. 관자놀이까지 뻘게진 내가 심각한 표정을 짓자 멘토는 그냥 울려서 받았다며 말끝을 흐렸다.

그때 내 휴대폰에 문자가 왔다는 알람이 울렸다.

－유리값 14만 5천 원 빨리 변상 바람. 오늘 내로 변상하지 않으면 학교에 연락하겠음.

부동산 아저씨였다. 최후통첩처럼 날아든 문자를 바라보며 나는 머릿속이 아득해졌다. 오늘 안에 14만 5천 원을 어떻게 마련한담. 학교에 연락해서 생활지도가 알게 되고 담임까지 알게 되면 학교생활은 더 꼬이게 될 것이다.

그때 옆에서 문자를 훔쳐보던 멘토가 입을 열었다.

"뭔데 그래? 유리값 갚으래?"

나는 고개를 끄덕였다.

멘토는 잠시 가만히 있더니 가방을 뒤적여 무언가를 꺼냈다. 지갑이었다. 멘토는 지갑에서 만 원짜리 지폐를 꺼내 세기 시작했다. 속으로 '학생이 돈을 왜 이리 많이 가지고 다녀?' 하고 생각하는데 지폐 열다섯 장을 내 앞에 내밀었다.

"15만 원이야. 빨리 갚아."

멘토의 행동이 금방 이해가 되지 않았다. 지금 뭐하는 거지? 멘토의 뜻이 머리에 입력되는 순간 나는 나도 모르게 침을 꿀꺽 삼켜 버렸다. 아, 안 돼. 받으면 안 돼! 나는 반사적으로 고개를 가로저었다.

"왜? 그냥 주는 거 아니야. 나중에 갚아."

그때 끝나는 종소리처럼 멘토의 휴대폰이 울렸다.

"어, 엄마. 끝났어. 지금 나가."

멘토는 급히 가방을 챙기더니 뒤도 안 돌아보고 교육실을 나갔다. 다른 멘토와 멘티들도 가방을 챙겨 나가느라 교육실 분위기는 어수선해졌다. 책상 위에는 그의 돈, 15만 원이 그대로 놓여 있었다.

토요일 이후, 명학이는 더 이상 오토바이 이야기를 꺼내지 않았다. 펜더에 생긴 자국 때문에 명학이 형이 오토바이 접근 금지 명령을 내린 모양이었다. 내가 돈을 가져가자 부동산 아저씨는 전화로 호통을 치던 것과는 아주 다른, 친절한 아저씨로 변해 돈을 받았다.

급한 불은 껐지만 멘토에게 어떻게 돈을 갚을지 막막했다. 다행히 멘토는 빨리 돈을 갚으라는 말은 하지 않았다. 다음 주, 그다음 주가 되어도 그는 돈 이야기는 꺼내지 않았다.

멘토는 더 이상 나와 공부할 생각을 하지 않았다. 공부에 취미가 없는 애를 굳이 머리 싸매고 앉아서 가르치고 싶지 않을 것이다. 우리는 잡담을 하기도 하고 가방은 교육실에 둔 채 구청 지하에 있는 매점에 가거나 구청 옆 건물에 있는 피시방에 가서 시간을 때우기도 했다.

한번은 구청 근처에 있는 분식집에 가서 떡볶이를 먹고 온 적도 있다. 멘토는 엄마 차가 보이지 않는지 이리저리 살피며 갔다. 멘토의 CCTV는 엄마 차인 것 같았다. 엄마 눈을 피해 떡볶이를 먹으며 즐거워하는 모습을 봤을 때, 뭐랄까, 그나 나나 불쌍하기는 마찬가지라는 생각? 그런 생각이 들었다. 물론 아주 잠깐 든 생각이었다. 한 1초쯤?

멘토링이 생활지도의 원래 목적과는 다른 곳으로 흘러갈 즈음, 고등학생들의 중간고사 시험 때문에 멘토링을 2주간 쉰다는 연락이 왔다. 나는 그 안에 어떻게든 돈을 마련해, 다음에 멘토를 만날 때 꼭 갚아야겠다고 생각했다.

그런데 며칠 후 멘토로부터 문자가 왔다.

─나 좀 도와줘. 지난번에 내가 꿔 준 돈, 이걸로 퉁치자.

문자를 처음 본 순간 무슨 말인지 금세 이해가 되지 않았다. 몇 번을 다시 읽어 본 후에야 멘토가 하려는 말이 무엇인지 알 수 있었다. 돈 대신 다른 일로 퉁치자니, 반가운 소리

이긴 했지만 그 일이 뭔지 궁금해졌다. 멘토가 내 도움을 받을 일이 뭐가 있을까. 돈으로도 안 되고, 엄마로도 안 되는 일? 어쨌든 15만 원을 안 갚아도 된다면 내가 거저먹는 것 같은 느낌이 들었다. 일단은 오케이다.

—콜! 뭘 도와줘야 하는데?

문자를 보내자 곧 답이 왔다.

—만나서 이야기해 줄게. 근데 이건 비밀을 지켜야 하는 일이야. 네가 입이 무거울 것 같아서 부탁하는 거야. 비밀을 지키지 못하면 우리 거래는 무효다.

비밀? 이건 또 뭐야? 뭘 하길래 비밀 운운하는 거지? 하지만 이 일을 비밀로 치고 싶은 건 바로 나 자신이었다. 내가 멘토에게 돈을 받은 사실은 아무도 몰라야 하니까.

—비밀 오케이.

문자가 오간 후 며칠간 아무 연락도 없었다. 그렇게 일주

일이 지났을 때, 다시 연락이 왔다.

　－오늘 밤에 나올 수 있어? 지난번에 부탁했던 일 좀 해 줘.

　－갈 수는 있는데. 무슨 일을 해야 해?

　－아주 간단한 거야. 만나서 이야기해 줄게. 11시에 우리 학교 후
문 앞에서 만나. 정문 아니고 후문이야.

　밤에 나오라는 말이 좀 꺼림칙했지만 멘토 같은 우등생이
사고를 칠 것 같지는 않았다. 하긴 사고를 치라고 등을 떠밀
어도 안 칠 놈이다. 게다가 접선하는 장소가 학교 교문 앞이
라니……. 거기에 생각이 미치자 피식 웃음이 나왔다.

　나는 그날 밤에 멘토가 다니는 학교 후문으로 갔다. 뭘 하
길래 11시에 만나자는 건지 궁금했다. 마음속에서 두 가지
생각이 왔다 갔다 했다. 왠지 재미있을 것 같다는 기대가 고
개를 내밀었다가 뭔가 좀 이상하다는 생각이 꼬리를 살랑살
랑 흔들었다.

　시간에 맞춰 교문 앞에 도착했을 즈음, 전화가 걸려 왔다.

　"후문으로 들어와서 두 번째 건물로 와. 입구에서 기다리

고 있을게."

나는 멘토가 이야기한 대로 학교 안으로 들어갔다. 왼쪽에는 건물들이 등을 보이고 있었고 오른쪽에는 담벼락 옆으로 길게 주차장이 있었다.

첫 번째 건물은 한 층에 불이 다 켜져 있었다. 고3들이 심야 자율 학습을 하는 모양이었다. 지금 이 시간까지 공부를 하고 있다니, 생각만으로도 숨이 막히는 것 같았다.

두 번째 건물 입구에서 멘토가 기다리고 있었다. 그 건물은 모두 불이 꺼져 있어서 칠흑처럼 캄캄했다.

"왔구나!"

멘토가 낮게 속삭였다. 그의 목소리에는 반가움과 조심스러움이 한데 섞여 있었다. 그는 아무런 설명도 하지 않고 건물 안으로 들어갔고 나는 그 뒤를 도둑고양이처럼 따라 들어갔다. 멘토는 어두운 복도를 걸어가 어떤 문 앞에 멈추었다. 옆 건물과 달리 이 건물에는 아무도 없는 것 같았다. 멘토는 주머니에서 열쇠를 꺼내 문을 열었다. 나는 무심코 문 위에 매달린 팻말을 보았다.

'교무실?'

그 순간 이상하다는 생각이 들었다. 이 시간에 왜 여기 온 거지? 나는 한껏 목소리를 낮춰 멘토에게 물었다.

"여기, 왜 온 거야?"

그러자 멘토가 대답했다.

"몰라도 돼. 넌 여기서 망보고 있다가 누가 오는 거 같음 빨리 알려 줘."

"뭐하는지는 알아야지!"

"가져올 게 있어서 그래."

그렇게 말하고 멘토는 급히 안으로 들어갔다. 멘토의 수상한 행동에 나는 불안해졌다.

'뭘 하려는 거야? 가져올 게 있다니? 혹시, 도둑질?'

갑자기 가슴이 덜컥 내려앉으며 심장이 쿵쾅쿵쾅 뛰기 시작했다.

'교무실에 뭐 훔칠 게 있다고 이 시간에 여길 와……. 돈도 많은 새끼가.'

예상 못한 멘토의 행동에 당황했지만 현재로써는 도망갈 구멍이 없었다. 멘토가 찾는 물건을 빨리 가지고 나와 여기에서 나가는 수밖에…….

나는 복도 양쪽을 살폈다. 어두운 복도에는 창문 밖의 가로등에서 들어오는 희미한 불빛 외에는 아무 기척도 없었다.

나는 열린 문 사이로 교무실 안을 들여다보았다. 안쪽에서 멘토가 휴대용 랜턴을 켜고 무언가를 찾고 있었다. 그러더니 잠시 후 컴퓨터 하나를 켰다. 컴퓨터 부팅되는 소리가 조용한 교무실에 울려 퍼졌다. 멘토는 컴퓨터 앞에 바짝 다가앉아 컴퓨터가 켜지기를 기다리고 있었다.

'도대체 뭐하고 있는 거야?'

나는 답답했지만 찍소리도 못하고 서서 망을 보는 수밖에 없었다. 컴퓨터가 켜지자 멘토는 컴퓨터에서 무언가를 찾는 것 같았다.

'빨리 해라, 빨리.'

휴대폰의 시계는 11시 10분을 가리키고 있었다. 여기 들어온 지 10분도 채 안 되었지만 한 시간은 된 것처럼 느껴졌다. 그때였다. 안쪽에서 무슨 소리가 들렸다. 나는 재빨리 교무실 안을 들여다보았다.

'헉!'

교무실 안쪽에 있는 작은 문이 열리며 누군가가 나왔다. 그리고 그 검은 형상이 성큼성큼 움직이기 시작했다.

"누구야?"

굵은 남자의 음성이 교무실에 울려 퍼졌다.

멘토는 급히 고개를 숙이더니 컴퓨터의 빛이 미치지 않는 쪽으로 기어서 도망쳤다. 그쪽은 내가 서 있는 교무실 출입구의 반대쪽이었다. 내가 있는 쪽에서는 멘토의 움직임이 보였지만 남자 쪽에서는 보이지 않을 것 같았다. 멘토는 바닥을 기어서 구석까지 갔다. 그러고는 교무실 구석에 살짝 열려 있는 캐비닛의 문을 열고 그 안으로 들어갔다.

나는 온몸이 돌처럼 굳어 버린 것 같았다. 눈앞에 펼쳐지는 광경이 믿기지가 않았다.

그때 교무실 불이 켜졌다. 안쪽 문에서 나온 남자가 전등 스위치를 다 올린 것이었다. 나는 문 뒤로 몸을 숨겼다. 그 순간 문에 붙어 있는 종이가 눈에 들어왔다.

시험 준비 기간 중 학생 출입 금지!

아니, 시험 준비 기간이라 들어가지 말라는데 저 새끼가 지금 뭘 한 거지? 이 밤에 열쇠까지 들고?

남자가 교무실 안을 가로질러 캐비닛 쪽으로 다가가며 말했다.

"숨어도 소용없어. 빨리 나와라."

남자(아마도 선생님인 것 같았다.)의 목소리가 교무실에 쩌렁쩌렁 울렸다. 그는 컴퓨터가 있는 책상을 지나, 파티션을 지나, 화분을 지나 살짝 열려 있는 캐비닛 앞에 섰다.

"나와. 강재현!"

나는 그 순간 등줄기가 오싹했다.

'어, 어떻게 된 일이야?'

다리가 후들거리고 눈이 튀어나올 것 같았다. 나는 나도 모르게 뛰기 시작했다. 어두운 복도를 지나고 건물의 뒷문을 뛰쳐나가 텅 빈 주차장 옆을 한달음에 내달았다. 그러고는 집까지 한 번도 쉬지 않고 달렸다.

화요일은 어김없이 찾아왔다. 중간고사 휴강이 끝난 월요일 저녁, 구청에서 문자가 왔다. 휴강 기간이 끝났으니 내일 오후 6시까지 교육실로 오라는 것이다. 그 일이 있었던 날 이후, 멘토에게서는 아무 연락도 없었다.

'어떻게 되었을까?'

그의 소식이 궁금했지만 알 수 없었다. 그의 휴대폰 번호는 알고 있었다. 그러나 전화해 볼 엄두가 안 났다. 그의 SNS 프로필 사진은 이전과 변함이 없었다.

나는 그날 이후 악몽에 시달렸다. 남자가 캐비닛 문을 열고 그를 끌어내는 장면, 그가 캐비닛 속에서 도망치는 나를 원망스러운 눈빛으로 보는 장면들이 어지러이 펼쳐졌다. 때로는 꿈속에서 내가 캐비닛 속에 갇혀 있었다. 꿈속에서 나는 문을 열려고 안간힘을 썼지만 열리지 않았다.

화요일 저녁, 나는 궁금증을 참지 못하고 구청 교육실로 갔다. 다른 멘토들은 대부분 출석해서 멘티와 만나고 있었지만, 강재현의 모습은 보이지 않았다. 한참을 앉아 기다렸지만 그는 나타나지 않았다.

나는 교육실 옆에 있는 사무실을 기웃거렸다. 사무실에는 멘토링 첫날, 멘토를 칭찬했던 팀장이 퇴근 준비를 하고 있었다. 그는 나를 발견하고 무슨 일이냐고 물었다. 나는 주저주저하며 말했다.

"저, 저기 멘토가 안 와서요."

"오늘 못 온다는 연락 없었어?"

"네."

"누군데?"

"강재현요."

"재현이? 재현이가 왜 연락도 없이 안 왔지?"

팀장은 이상하다는 듯 고개를 갸웃거리며 자신의 자리로 갔다. 책꽂이를 뒤적이더니 명단을 찾아 전화를 걸었다. 멘토가 전화를 안 받자 다른 전화번호를 찾아 걸었다. 고등학교 쪽 담당 선생님인 모양이었다. 통화를 하던 팀장이 깜짝 놀랐다.

"그게 무슨 말이에요?"

나는 귀를 쫑긋하고 팀장의 말에 신경을 곤두세웠다.

"세상에, 시험지 유출이라니!"

시험지 유출! 그 소리를 듣자 나는 심장이 덜컹했다. 수화기 저편에서 뭐라고 하는지 들어 보려고 기를 썼지만 들리지 않았다.

"그럼 그동안 부정행위로 전교 1등을 했던 거예요?

팀장은 내가 있다는 사실도 잊은 채 흥분된 목소리로 말했다.

'계속 부정행위를 했다고? 그동안?'

교무실에서 어둠 속의 남자는 강재현을 기다리고 있었던 것이 분명했다. 그를 계속 의심하고 있었던 거구나. 전화를 끊은 팀장이 굳은 표정으로 내게 말했다.

"그 멘토가 더 이상 못 나온다는구나. 어쩌지? 다른 멘토를 구해 줄까?"

"멘토한테 무슨 일 있나요?"

나는 모르는 척 시치미를 떼며 물었다.

"그런가 보다. 미안하다. 좋은 멘토를 만나게 해 줘야 하는데……. 오늘은 그냥 가고 다음 주에 와. 다른 멘토 구해 놓을게."

"아, 아니에요. 필요 없어요."

이렇게 말하고 나는 구청에서 나왔다. 강재현한테 심각한 일이 생긴 것이다. 하긴 그냥 넘어갔을 리가 없다. 시험지를 빼내다니. 어쩌자고 그런 짓을 했을까. 게다가 학교에서는 그를 의심하고 있었다. 그러고 보니 그가 자주 불안해하고 초조해했던 것 같다. 가끔씩 깊은 한숨을 내쉬기도 하고 고민거리가 있는 사람처럼 허공을 멍하니 쳐다보기도 했다. 게다가 그는 늘 혼자였다. 다른 멘토들이 끼리끼리 어울려 잡담하거나 어울릴 때도 그는 늘 외톨이였다.

'자식, 많이 힘들었겠다.'

늘 검은 승용차가 서서 기다리던 자리에는 아무것도 없었다. 집으로 가는 버스가 왔는데도 나는 타는 것을 잊은 채 한참을 정류장에 서 있었다.

그 후 나는 더 이상 구청에 가지 않았다. 그럼에도 월요일 저녁이 되면 꼬박꼬박 문자가 왔다.

─내일은 멘토링이 있는 날입니다. 오후 6시까지 구청 교육실로……

가끔씩, 아니 자주 멘토가 어떻게 되었는지 궁금했다. 하지만 알 수 있는 길이 없었다. 그럴 때면 그냥 '잘난 놈이니

44

알아서 잘 살겠지' 하고 혼자 결론을 내렸다.

날씨가 본격적으로 더워지기 시작할 무렵, 아빠가 집으로 돌아왔다. 집에서 멀지 않은 곳에 일자리를 구한 것이다. 그 후 저녁밥은 아빠랑 함께하는 일이 많아졌다. 대신 불편한 점은 셀 수 없이 많아졌다. 내 맘대로 TV를 볼 수 없었고, 밤늦게까지 게임을 할 수 없었다.

아빠가 돌아오고 며칠이 지나지 않았을 때였다. 점심을 먹고 운동장으로 나가려는데 복도에서 생활지도가 불렀다.

"우지호, 나 좀 보자."

아, 저 인간은 점심도 안 먹나 보다. 아니면 한입에 털어 넣든지. 양악이 튼실하니 얼마든지 한꺼번에 씹어 버릴 것이다. 나는 생활지도를 따라가면서 속으로 투덜거렸다. 멘토링 안 간다고 잔소리를 하려는 건가. 그렇다면 할 말이 있다. 멘토가 그만둬서 나도 그만뒀다고.

그런데 생활지도실 탁자 위에 시원한 음료수를 내주는 폼이 영 심상치 않았다.

"이야기 들었어. 구청 멘토링 담당자한테."

생활지도가 평소와는 다른 조용한 말투로 말했다. 내게는 그 모습이 너무 어색했다.

"선생님이 미안하다. 좋은 기회가 될 줄 알았는데. 멘토가

그런 녀석일 줄 어떻게 알았겠니. 너한테 도움이 되기는커녕
오히려 혼란만 줬구나."

생활지도는 다 알고 있었다. 그런데…… 어디까지 알까?
혹시 멘토가 시험지를 훔치던 날 밤, 내가 거기 있었다는 것
도 아는 걸까? 그렇게 되면 나는 다시 사자 우리에 떨어지게
된다. 안 돼! 안 된다고!

"너, 괜찮아?"

생활지도가 걱정스러운 표정으로 나를 바라봤다.

"뭐, 뭐가요?"

난 예상치 못한 질문에 버벅대며 대답했다.

"괜찮으면 됐고……."

이렇게 말하면서 생활지도는 입가에 엷은 미소를 지었다.
후유우우, 다행히 그날 밤 내가 그곳에 있었다는 사실은 모
르는 것 같다. 나는 음료수를 쭉쭉 빨다가 내친김에 물어봐
야겠다는 생각이 들었다.

"그, 그런데 멘토는 어떻게 되었어요?"

"그 애가 그런 식으로 시험지를 훔쳐서 계속 전교 1등을
했다는구나. 그런데 꼬리가 길면 잡힌다고, 학교에서 뭔가
이상하다고 생각한 거지. 학교에서 징계 이야기가 나왔는데
그냥 자퇴를 해 버렸다네. 참나……."

'자, 자퇴라고?'

나는 순간 입에 물고 있던 음료수의 빨대를 놓쳤다. 강재현이 자퇴를 하다니……. 나는 기어들어 가는 소리로 물었다.

"왜, 자퇴했대요?"

"본인이 학업에 스트레스를 많이 받았나 봐. 가정에서도 힘들었던 것 같고. 학교로 돌아가기 싫다고 했대."

나는 아무 말도 못 한 채 멍하니 앉아 있었다.

"어쨌든 미안하다. 어머님은 건강하시지? 힘든 일 있으면 언제든 나한테 이야기해. 이번에 내가 지호한테 빚졌네. 선생님은 지호가 밝아서 참 좋다. 알지?"

나는 다 먹은 음료수 병을 손에 든 채 꾸벅 인사를 하고 생활지도실을 나왔다. 운동장으로 나가려던 마음을 접고 교실로 돌아갔다.

일요일 내내 휴대폰 화면에 떠 있는 '비상 탈출'이라는 글자를 노려보았다.

자퇴 소식을 들은 후 그에 대한 생각이 머릿속을 떠나지 않았다. 지금 어떻게 지내고 있을까? 내가 그날 도망가지 않고 그 자리에 있었으면 결과가 달라졌을까? 나 혼자 도망가서 원망하지 않았을까? 이런저런 물음들이 나를 괴롭혔다.

막상 연락이 왔지만 바로 답을 할 수 없었다. 비상 탈출이라니. 무슨 말일까. 또 무슨 일을 벌이려는 건 아니겠지. 걱정도 되고 겁도 났다. 한참을 고민하다가 저녁 무렵에야 그에게 문자를 보냈다.

—지금 어디 있어?

잠시 후 그에게서 답이 왔다.

—이따가 구청 앞 정류장으로 나올래? 만나고 싶어.

나오라고? 망설여졌다. 또 나를 이용하려는 건 아닐까. 아니, 그렇지는 않을 거야. 그런 놈은 아니야. 그런 놈은 아닐 거야……. 그러던 순간 마치 잊어버렸던 마지막 말을 덧붙이 듯이 문자 하나가 더 왔다.

—그날 일은 미안하다.

문자를 보는 순간 목구멍에 뜨거운 무언가가 걸리는 것 같

앴다. 그 일 이후 삼키지도 못하고 뱉지도 못하고 있던 그
것. 나는 그것을 조용히 내뱉었다.

"나, 나도……. 혼자 달아나서 미안해."

나는 옷을 갈아입고 골목을 나섰다. 버스를 타기 위해 큰
길로 나서는데 은빛 오토바이 하나가 내 앞을 쌩하고 지나갔
다. 앞자리에는 명학이 형이, 뒷자리에는 명학이가 타고 있
었다. 명학이가 돌아보며 '지호야!' 하고 나를 불렀다. 헬멧
을 쓰고 있어서 명학이 얼굴을 자세히 보지는 못했지만 입을
헤벌쭉 벌리고 좋아하고 있으리라.

큰길로 나오자 구청으로 가는 버스가 오는 것이 보였다.
저걸 놓치면 약속에 늦는다. 나는 있는 힘을 다해 달리기 시
작했다.

옥상에서
10분만

카페 출입문에는 작은 창문이 달려 있다. 그 위로 빨강, 하양의 체크무늬 커튼이 앙증맞게 장식되어 있다. 전에도 저런 커튼이 달려 있었나? 기억나지 않는다. 손바닥만 한 그림 액자들, 허브 화분 그리고 메모판……. 지희는 카페 안을 둘러보았다. 눈에 들어오는 풍경이 하나하나 새삼스러웠다.

　스케줄러를 꺼내 다시 확인했다.

　5시 종이배.

　시계를 보았다.

　4시 55분.

　오랫동안 기다렸던 그 시간이 바로 눈앞에 다가와 있다. 롤러코스터에서 떨어지기 직전, 조금씩 조금씩 위로 올라갈 때 이렇게 두근거렸던 것 같다.

'올까? 안 올까? 만약 온다면 무슨 말을 할까. 내게 화를 낼지도 몰라. 욕을 하면서 있는 대로 분풀이를 하고 갈지도 몰라. 그러면 나는 어떻게 해야 하나. 아, 겁나고 떨려…….'

그날의 기억이 다시 지희의 가슴속에서 따끔거렸다. 그 일이 있은 후 복숭아씨 같은 것이 왼쪽 가슴에 콕 박힌 것처럼 느껴졌다. 복숭아씨는 울퉁불퉁한 몸뚱이로 가슴속을 깊이 후볐고, 어떤 때는 붉은 몸을 부르르 떨며 힘겨워했다. 그때마다 지희는 많이 아팠다.

스케줄러를 덮었다.

바람맞을 각오를 하고 온 참이었다. 그 애의 얼굴을 기억하려고 애썼지만 떠오르지 않는다. 하긴 그날 이후 한 번도 보지 못했으니까. 그날 옥상에서 본 이후로는…….

그날의 전날

1교시가 끝나는 종이 울렸다. 지희는 선생님이 나가자마자 3반으로 달려갔다. 교실 뒷문에 붙어 서서 1분단 세 번째 자리를 바라보았다. 현우의 옆모습이 눈에 들어왔다. 현우와

사귄 지 한 달째. 현우에게 선물을 건넬 생각에 지희의 가슴은 설레었다.

학기 초에 현우를 처음 봤을 때부터 지희는 그 애가 마음에 들었다. 그래서 3반에 있는 초등 동창에게 현우를 소개해 달라고 부탁했다. 뜻밖에도 현우는 지희를 이미 알고 있었다. 예전에 같은 학원에 잠시 다녔다는 것이다. 그러나 지희는 현우가 기억나지 않았다. 명랑함이 지나쳐 시끄럽고, 매사에 덜렁대서 실수도 많은 지희는 어디에 있건 눈에 잘 띄는 아이였다. 이렇다 보니 지희의 이름은 몰라도 얼굴을 아는 아이들은 꽤 많았다. 분명 학원에서도 큰 소리로 웃고 떠들며 아이들의 주목을 끌었을 것이다. 반면 현우는 조용하고 내성적인 편이었다. 어찌 보면 존재감이 없는 유형이었다.

하지만 중학생이 되자 달라졌다. 현우의 진가를 알아본 여자아이들이 많아진 것이다. 현우와 지희가 커플이 되었다는 소식에 가장 반응이 떨떠름했던 쪽은 3반 여자아이들이었다. 3반 최고 미남을 옆 반 아이에게 빼앗겼기 때문이다. 그래서 지희는 3반 교실에 갈 때마다 조금 신경이 쓰였다. 최대한 아이들이 자신을 발견하지 못하도록 조심했다. 매번 실패했지만.

지희를 발견한 현우가 뒷문으로 나왔다. 얼마 전부터 이마에 솟아나기 시작한 여드름 때문일까. 현우의 뽀얀 얼굴이 약간 붉어 보였다. 현우는 지희 손에 들린 꾸러미를 보더니 물었다.

"뭐야?"

지희는 자신이 낼 수 있는 최대한 귀여운 목소리로 답했다.

"커플 한 달 기념 선물."

"한 달? 그런 것도 하는 건가? 나는 준비 못했는데⋯⋯."

현우가 미안한 표정을 지었다. 하지만 지희는 뭘 꼭 받고 싶다는 생각은 없었다. 그냥 남자친구에게 무언가 주고 싶었을 뿐이다.

"그럼, 넌 뭐 받고 싶어?"

현우가 꾸러미 속에 들어 있는 색색의 츄파춥스를 만지작거리며 물었다. 지희는 문득 어젯밤 봤던 글이 생각나면서 장난기가 발동했다. 어제 지희는 한 달 기념 이벤트로 무엇이 좋을까 궁리하며 인터넷을 검색하다가 이런 글을 발견했다.

후훗, 당근 키스죠.
사귄 지 한 달 되었는데 키스 안 하면 백일 기념 이벤트는 아예 못 할지도 몰라요.

　누군가 한 달 기념 이벤트로 뭘 하면 좋겠냐는 질문에 달린 답글이었다. 그 글을 보는 순간 지희는 코끝이 간질간질해지면서 뭔가 달콤한 것이라도 먹은 것처럼 혀끝이 달달해지는 느낌이 들었다. 방에 혼자 있는데도 누군가 자신을 보고 있는 것 같아 주변을 두리번두리번 둘러보기도 했다.

　갑자기 지희는 현우에게 장난을 치고 싶어졌다. 현우가 어떻게 반응할지 궁금했다. 지희는 복도에 지나가는 사람이 없을 때를 기다렸다가 현우 귀에 대고 조그맣게 속삭였다.

　"한 달 정도 되면 키스하는 거래."

　"뭐?"

　현우가 무슨 말인지 못 알아듣고 큰 소리로 되물었다. 지희는 입에다 검지를 갖다 대며 조그맣게 덧붙였다.

　"쉬이이……, 키스해야 한다고."

　현우의 눈이 동그래졌다. 그러더니 곧 두 뺨이 붉게 물들면서 귀밑까지 벌겋게 달아올랐다. 마치 야동이라도 보다가 선생님께 걸린 것 같은 얼굴이었다. 붉게 물든 현우의 얼굴을 보자 지희도 당황스러웠다. 어색한 분위기에 빠진 두 사람을 마침 구해 주기라도 하듯 수업 시작종이 울렸다. 둘은 각자 자기 반으로 흩어졌다.

'어휴, 괜한 말을 했나? 날 이상한 애라고 생각하면 어쩌지?'

지희는 그런 말을 꺼낸 것이 후회되었다.

수업이 끝나자 단짝인 수민이가 지희를 불렀다.

"너 오늘 학원 가? 안 가면 나랑 페이퍼아트 가자."

페이퍼아트는 학교 앞의 대형 문구점이다. 지희는 혹시 현우가 자신을 찾아올까 싶어서 문 쪽을 기웃거려 보았지만 현우의 모습은 보이지 않았다. 그래서 수민이와 함께 교실을 나서는데 현우가 불쑥 나타났다. 안 보이는 데에 숨어 있다가 나타난 걸까. 갑작스러운 현우의 등장에 지희보다 수민이가 더 놀란 듯했다.

"참, 오늘 너희 한 달 되는 날이라고 했지?"

수민이가 어색하게 웃었다.

"내가 눈치 없이 훼방 놓을 뻔했네."

수민이는 지희에게 손을 한 번 흔들더니 뒤도 돌아보지 않고 계단을 내려갔다.

학교를 빠져나가는 동안 지희와 현우는 아무 말도 하지 않았다. 교문을 나와서야 현우가 입을 열었다.

"종이배 가 볼래? 너 거기 가고 싶어 했잖아."

종이배는 지희네 학교 커플들이 데이트 장소로 이용한다는 동네 카페였다. 학교에서 10분쯤 떨어진 곳에 있었다. 지희가 딱 한 번 얘기한 적이 있는데 현우는 용케도 기억하고 있었다.

종이배에 온 둘은 말없이 음료수만 마셨다. 다른 때 같으면 온갖 수다가 지희 입에서 술술 나왔을 텐데 그러지 못했다. 자꾸 현우 눈치를 보게 되었다. 현우가 여느 때와 좀 달랐기 때문이다. 딴 생각을 하는 것 같기도 하고 함께 있는 것을 불편해하는 것 같기도 했다. 둘은 한 시간도 못 되어 일어났다. 커플이 된 이후로 이토록 어색하기는 처음이었다.

그날

다음 날, 수업이 끝난 후 지희가 휴대폰 전원을 켰을 때였다. 방금 전에 도착한 문자가 액정 화면에 떠올랐다. 문자를 보낸 사람은 현우였다. 어제 현우와 어색하게 헤어져 마음이 쓰였는데 다행이었다. 그런데 문자 내용이 뜬금없었다.

-종례 끝나면 5층 계단으로 와.

1학년 교실이 있는 신관은 4층 건물인데 5층 계단이라니? 옥상으로 향하는 짧은 계단을 말하는 걸까? 지희는 자신을 기다리는 수민이에게 현우랑 약속이 있으니 먼저 가라고 말한 뒤 가방을 챙겨 들고 계단을 올라갔다. 4층까지 올라가서 위를 올려다보니 계단 끝의 옥상으로 나가는 철문이 약간 열려 있었다.

　지희는 계단을 올라가 살짝 벌어진 문틈에 대고 소리쳤다.

　"현우야, 거기 있니?"

　지희의 말이 떨어지기가 무섭게 옥상 철문이 활짝 열렸다. 현우였다. 쏟아지는 햇살을 등지고 선 모습이 왠지 낯설게 느껴졌다. 현우가 겸연쩍은 표정으로 입을 열었다.

　"왔구나. 너희 반 늦게 끝나길래……."

　현우는 햇살 때문에 눈이 부신 듯 미간을 찌푸렸다. 지희가 철문 밖을 내다보며 물었다.

　"여기 원래 잠겨 있지 않아?"

　"어, 근데 자물쇠가 고장 났대. 애들이 열려 있다고 하더라고……."

　옥상으로 나오라는 듯 현우는 활짝 젖혀진 문 한쪽으로 슬쩍 비켜섰다. 옥상 문턱은 지희 정강이만치나 높았다. 문턱을 넘으려니 조금 망설여졌다. 하지만 철문 밖의 환한 햇살

이 자신을 부르는 것 같았다. 지희는 조심스레 발을 내디디
며 물었다.

"옥상에 나가면 안 되지 않아?"

"으응, 10분만……."

옥상으로 나가자 가슴이 확 트이는 것 같았다. 지희는 옥
상 난간에 다가갔다. 학교 운동장은 물론, 주변의 풍경들이
한눈에 내려다보였다.

"우와, 동네가 다 보이네. 하늘이 360도로 날 둘러싼 것
같아."

지희는 빙그르르 몸을 한 바퀴 돌려 보았다. 학교 주변에
는 높은 건물이 많지 않아서 사방 멀리까지 보였다. 다닥다
닥 붙은 건물들과 함께 전철역, 시장, 그 옆의 공원까지 보
였다.

철문 안에서 옥상을 내다봤을 때 햇살이 내리쬐길래 바람
한 점 없을 줄 알았는데 그렇지 않았다. 옥상 위에는 바람이
불고 있었다. 얼굴을 간질이는 잔바람 정도가 아니었다. 귓
가를 휙휙, 휙휙 스치고 달려가는 바람이었다.

지희가 얼굴에 바람의 속력을 느끼며 서 있는데 현우가 어
색한 표정으로 지희 옆에 나란히 섰다. 평소와는 좀 다른 기
색이었다. 지희는 현우를 바라보았다. 현우의 머리칼이 바람

결에 제멋대로 나부꼈다. 평소의 단정한 '정현우'와는 거리가 멀어 보였다.

"근데 여긴 왜 온 거야?"

지희가 묻자 현우는 잠시 머뭇거리더니 쑥스러운 표정을 지으며 대답했다.

"어제 학원 끝나고 선물 사러 다녔는데 못 사겠더라."

따가운 햇살 때문에 눈을 잔뜩 찌푸려서인지 현우의 표정이 선명하게 보이지 않았다.

"야, 내가 뭐, 선물을 꼭 해 달라고 했냐? 그렇게 신경 안 써도 돼."

"나만 받으면 미안하지. 근데 네가 뭘 좋아할지 모르겠어서……. 선물 대신…… 한 달 기념 이벤트……."

이렇게 말하는 현우의 목소리가 가늘게 떨리고 있었다. 지희는 놀라 되물었다.

"이벤트?"

"응, 이벤트로 키스하자고……. 어제 네가 말한 대로……."

"뭐라고?"

순간 지희는 누군가 자신의 뒤통수에 꿀밤 한 대를 세게 매긴 것 같은 기분이 들었다.

'키스하려고 옥상에 오자고 하다니!'

먼저 말을 꺼낸 것은 자신이었지만 막상 현우가 그런 말을 하니 기분이 이상했다. 사실, 어제는 키스를 하면 어떨까 하고 궁금하기는 했다. 하지만 지금은 전혀 그렇지 않았다. 여기서 키스라니!

게다가 옥상에 서 있는 현우의 모습이 왠지 낯설었다. 지금 그 애의 표정은 웃는 것 같기도 하고 화난 것 같기도 하고, 낯빛이 붉은 것 같기도 하고 하얀 것 같기도 했다. 아니, 그 애는 아무렇지도 않은데 지희의 기분이 이상해서 그렇게 보이는 걸까?

옥상의 분위기도 이상했다. 봄도 아니고 여름도 아닌 것 같은 날씨, 햇살은 내리쬐는데 바람도 지지 않고 불어 대는……. 덩달아 지희의 기분까지 불쾌하기도 하고 상쾌하기도 했다.

가만히 바라보고 있던 현우가 갑자기 지희의 팔을 잡아당겼다.

"왜, 왜 그래?"

현우의 눈빛이 이상했다. 그 애의 얼굴이 지희에게로 점점 다가왔다. 지희는 순간 온몸이 돌처럼 굳는 것 같았다. 둘은 키가 엇비슷했기 때문에 나란히 얼굴을 마주볼 수 있었다.

현우의 얼굴이 가까워질수록 그 애의 얼굴에서 뿜어져 나오는 더운 기운이 느껴졌다. 그뿐이 아니었다. 옥상에서 나는 지린내 같은 냄새와 현우의 체취가 뒤섞여 지희는 더 이상 참을 수가 없었다.

지희는 당황스러웠다. 이런 기분을 뭐라고 표현해야 할까? 땀 냄새와 36.5도를 훌쩍 넘을 것 같은 그 애의 체온, 옥상 바닥의 시멘트에서 올라오는 후텁지근한 공기 그리고 코를 괴롭히는 지린내……. 바람도 멈추고 시간도 멈추고 모든 것들이 멈춘 가운데 참을 수 없는 냄새와 열기가 자신을 총공격하는 느낌!

'뭐지? 뭐지? 아, 불쾌해. 기분 나빠. 으윽, 냄새!'

현우의 입술이 거의 지희의 입술에 닿으려고 할 때였다. 현우가 왼손으로 지희의 오른쪽 어깨를 잡았다. 그리고 왼쪽 어깨를 잡으려던 오른손이 미끄러지면서 아래쪽으로 내려왔다. 그러고는 지희의 가슴에서 멈췄다. 지희의 가슴 위에 현우의 손이 얹, 혀, 져 있는 것이다. 순간 지희는 발끝에서부터 머리끝으로 찌리릿 하고 기분 나쁜 전기가 흐르는 느낌을 받았다.

'이, 이게 무슨 짓이야?'

마치 백 마리 뱀들이 지희의 몸 위를 기어 다니는 것 같았다. 도대체 어떻게 된 일일까? 자신과 함께 있는 이 아이는 자신이 알고 있는 현우가 아니었다. 지희는 현우가 미친 것이 분명하다고 생각했다. 그러지 않고 어떻게 이런 행동을 한단 말인가. 더 이상 끈적거리고 냄새나고 짜증나는 옥상 위에 있고 싶지 않았다. 아니, 더 이상 현우와 함께 있고 싶지 않았다. 지희는 반사적으로 현우의 얼굴과 손을 세차게 밀어냈다.

"으으, 비켜! 뭐하는 거야?"

현우는 그제야 정신을 차린 듯 놀란 얼굴로 지희를 바라보았다.

"너, 제정신이야? 지금?"

지희의 앙칼진 목소리에 놀란 현우가 한 걸음 물러섰다. 그리고 겨우 입을 떼었다.

"나, 난, 그냥……."

지희는 옥상 담에 기대 놓았던 가방을 들고 옥상 철문을 향해 뛰어갔다. 뒤에서 현우가 부르는 소리가 들렸다.

무슨 정신으로 계단을 내려왔는지 모르겠다. 정신을 차려 보니 1층 현관 앞이었다. 심장이 쿵쾅쿵쾅 정신없이 뛰었다. 그때 교복 치마 주머니 속에서 휴대폰이 몸을 떨었다. 작은 진동이었지만 지희는 소스라치게 놀랐다. 현우면 어떡하지?

조마조마한 마음으로 문자를 확인했다.

　-방해해서 미안. 미술 준비물 뭐더라? 지금 문방구인데 헷갈려서. ㅠㅠ

　수민이였다. 지희는 재빨리 답을 보냈다. 문자를 보내는 손가락이 바르르 떨렸다.

　-나 학교야. 지금 나가.

　문방구에서 기다리겠다는 문자가 왔다. 지희는 교문 밖 길 건너에 있는 문방구로 향했다. 운동장을 가로질러 가는 동안에도 다리가 계속 후들거렸다.
　수민이가 지희의 얼굴을 보더니 호들갑스럽게 물었다.
　"왜 그래? 무슨 일 있어? 하얗게 질렸는데."
　"아, 아무 일도 아니야."
　"현우랑 왜 벌써 헤어졌어?"
　"그, 그냥……."
　지희는 대충 얼버무렸지만 수민이는 집요하게 물었다.
　"심상치 않은데? 현우랑 무슨 일 있었던 거 아냐?"

"아, 아니라니까!"

지희가 언성을 높이자 수민이는 입을 삐죽거리며 더 이상 묻지 않았다.

수민이가 준비물을 사는 동안에도 지희는 좀처럼 마음이 안정되지 않았다. 물건을 사 가지고 문방구를 나가려는데 교문 앞에 엉거주춤 서 있는 현우가 보였다. 아무래도 지희를 찾는 것 같았다. 지희는 수민이의 팔을 끌어 밖으로 나가지 못하게 했다.

"왜?"

수민이가 지희의 시선을 따라가더니 현우를 발견했다. 현우는 교문 앞에서 잠시 머뭇거리다가 상가 쪽으로 걸어갔다. 현우가 저만치 사라진 후에야 둘은 문방구에서 나왔다.

"현우랑 무슨 일 있었지? 빨리 말해 봐."

수민이가 호기심 가득한 눈으로 지희 팔에 팔짱을 끼면서 물었다.

'털어놓을까?'

지희는 마음이 흔들렸다.

'누군가와 이야기하고 나면 찝찝한 기분을 떨쳐 버릴 수 있을까? 아니야. 사실대로 말하면 수민이도 놀랄 거야. 어쩌면 나를 비난할지도 몰라. 하지만 너무 답답해. 가슴속에 꾹

꾹 담아 놓자니 내가 못 견디겠어!'

지희는 비장한 얼굴로 수민이를 바라보았다.

"너 비밀 지킬 거지?"

"당근이지. 찌이익."

수민이가 입을 지퍼로 잠그는 시늉을 했다. 지희는 주변을 둘러보았다. 학교 앞은 여느 때와 다를 바가 없었다. 하교 시간이 지난 뒤라 교복 입은 아이들은 별로 눈에 띄지 않았다. 지희는 수민이의 귀에 입을 바짝 대고 속삭였다.

"사실은 말야. 좀 전에 옥상에 갔었어."

"옥상? 학교 옥상?"

수민이의 목소리가 두세 계단 올라갔다.

"응, 현우가 거기로 오라고 해서 갔는데……."

수민이는 미간에 주름을 잔뜩 잡고 지희의 말에 귀를 기울였다.

"걔가 이상한 행동을 해서 그냥 와 버렸어."

"이상한 행동? 뭔데?"

"아휴, 너 이상하게 생각하는 거 아니지?"

지희는 자신도 모르게 발을 굴렀다. 답답할 때나 일이 잘 풀리지 않을 때 나오는 지희의 버릇이다.

"도대체 뭔데 그래? 내가 널 이상하게 생각할 리가 있어?

나한테는 말해도 돼. 비밀 지킬게. 맹세!"

수민이는 지희에게 바짝 다가서면서 더욱 세게 지희의 팔짱을 꼈다. 수민이는 입이 가벼운 편이 아니다. 여태 지희의 크고 작은 비밀을 잘 지켜 준 친구 아닌가. 지희는 심호흡을 한 번 하고 꼭 쥐고 있던 공을 던지듯이 말했다.

"저기……, 가슴을 만졌어."

"뭐? 가슴을?"

지희가 고개를 끄덕이자 수민이는 걸음을 멈추었다. 꽉 끼고 있던 팔짱이 스르르 풀렸다.

"헐! 변태!"

역시나 수민이는 무척 놀란 얼굴이었다. 지희는 자초지종을 설명해야 한다는 생각이 들었다.

"그러니까 그게, 전부 말하려면 복잡하고……."

하지만 수민이 귀에는 지희 말이 들리지 않는 것 같았다.

"정현우, 완전히 변태, 미친놈이네."

수민이는 지희보다 더 화가 나서 씩씩거렸다.

"박지희! 이거 이렇게 끝낼 문제가 아니야! 넌 당한 거라고! 가만히 있으면 안 돼!"

수민이는 집에 돌아가는 내내 절대 이렇게 끝내서는 안 된다고 말했다. 지희는 수민이와 헤어진 후 긴 한숨을 내쉬었다. 무언가 더 엉망이 된 것 같았다.

집에 도착한 후 휴대폰이 여러 번 울렸다. 현우였다. 하지만 지희는 받지 않았다. 저녁 무렵 문자가 몇 개 왔다.

—미안해. 진짜 실수야. ㅜㅜ 사과할게.　　　　오후 7:08

—정말 화났구나. 진심 미안. ㅠㅠ ㅠㅠ　　　　오후 9:36

—아직도 화났지? 그때 내가 미쳤었나 봐. 날 죽여 버리고 싶다.　　　　　　　　　　　　　　　　　오후 10:15

지희는 문자를 받고도 마음이 풀리지 않았다. 현우 얼굴을 다시 보고 싶지 않았다. 그 애를 보면 옥상에서 느꼈던 불쾌한 감정들이 다시 고개를 쳐들 것 같았다.

다음 날

"옥상?"

옥상이라는 단어가 나오자 나른하게 가라앉아 있던 보건

선생님의 속눈썹이 반짝 치켜 올라갔다.

점심시간에 수민이가 지희의 팔을 끌고 간 곳은 보건실이었다. 문 옆에 달린 팻말에는 '보건실'이라는 큰 글씨 밑에 '성희롱 피해 상담'이라고 조그맣게 쓰여 있었다. 금방 양치질을 한 듯 보건 선생님의 손에는 칫솔이 들려 있었다.

수민이는 그냥 넘어갈 일이 아니라며 아침부터 쉬는 시간마다 지희 자리로 와서 핏대를 세웠다.

"현우가 또 그러면 어쩔 거야? 앞으로 그런 일 없도록 확실하게 행동해야 돼."

지희는 간밤에 잠을 자지 못해 머리가 지끈거렸다. 수민이가 떠드는 소리는 벌 여러 마리가 왱왱대는 것처럼 들렸다. 그 애의 말이 맞는지 아닌지 도무지 판단을 할 수 없었다. 보건실에도 수민이에게 끌려오다시피 왔다.

"네. 학교 옥상요."

수민이의 목소리에 힘이 들어가 있었다.

"거기는 어떻게 나갔어?"

"자물쇠가 망가졌대요. 그치?"

수민이가 지희를 바라보며 확인했다. 지희는 마지못해 고개를 끄덕였다.

"올라가서 그 남자애가 얘를……."

지희를 바라보는 선생님의 시선에 걱정과 호기심이 어렸다. 수민이가 비장한 눈빛을 지희에게 보냈다. 걱정 마. 내가 이야기해 줄게……. 마치 이렇게 말하는 것 같았다. 그러더니 다시 입을 열었다.

"얘를 만졌어요. 여기를."

수민이는 자신의 가슴을 손으로 가리켰다. 선생님의 표정이 굳었다.

"……."

선생님은 할 말을 찾지 못하고 머뭇거렸다. 잠시 후 짐짓 태연하게 물었다.

"그래? 놀랐겠구나. 만진 거 말고 다른 일은 없었니?"

지희가 대답이 없자 선생님이 다시 물었다.

"가슴을 만진 거 외에 다른 일은 없었어? 때렸다든지, 아니면 옷을 벗겼다든지……."

선생님이 말끝을 흐렸다. 옆에서 수민이가 다시 거들었다.

"키스하려고 했대요."

선생님은 천천히 고개를 끄덕이며 메모지 한 장을 꺼내 메모하기 시작했다. 수민이는 뭔가 더 할 말을 찾는 듯했다.

"얘 잘못은 없어요. 그치? 지희야. 남자애가 잘못한 거예요."

"이름이 뭐라고 했지?"

"네, 정현우라고 3반 애예요."

수민이는 기다렸다는 듯이 현우 이름을 댔다. 선생님은 다시 메모지에 무어라고 적었다.

"어제 언제쯤이야?"

선생님이 지희를 바라보며 물었다.

"학교 끝나고……."

"얼마 정도 옥상에 있었는데?"

"10분 정도……."

그때 점심시간이 끝났음을 알리는 예비 종이 울렸다.

"혹시 그 후에도 쫓아온다거나 다른 일은 없었니?"

보건 선생님이 조심스러운 말투로 물었다. 지희는 뭔가 잘못되어 가고 있다는 생각이 들었다. 아무래도 선생님이 현우를 아주 나쁜 애로 생각하게 될 것 같았다. 바로잡아야 한다. 이대로는 안 된다.

"아뇨. 제가 그냥 옥상에서 내려왔어요. 현우, 나쁜 애 아니에요. 그러고 나서 문자를 보냈더라고요. 미안하다고요."

"그래? 그 후에 다른 일은 없었던 거지?"

"네. 미안하다는 문자만 몇 번 보냈어요."

"그래, 알았어. 놀랐겠구나. 이제 괜찮아. 종 울렸으니까 일단 교실로 가라. 나중에 다시 이야기하자."

선생님은 태연한 표정으로 이야기했지만 아까와는 확연히 다른 눈빛이었다.

보건실에서 나와 교실로 향하는데 수민이가 물었다.

"걔가 미안하다고 문자 보냈어?"

지희가 아무 대답도 하지 않자 수민이가 퉁퉁거렸다.

"쳇, 그게 미안하다고 하면 해결될 일이냐? 변태, 나쁜 놈⋯⋯."

지희는 불편했다. 수민이가 내뱉는 모든 말들이 지희의 목을 조르는 것처럼 느껴졌다.

6교시 수업 내내 지희는 어지럽고 토할 것 같았다. 겨우겨우 수업을 마치고 가방을 챙기는데 담임 선생님이 불렀다.

"지희야, 생활지도실로 가라."

"왜요?"

"아까 보건 선생님이랑 상담했다며? 그 일 때문에 그러니까 가 봐."

거칠기로 유명한 담임의 말투가 평소와 달리 매우 조심스러웠다. 수민이가 걱정스러운 얼굴로 지희에게 물었다.

"같이 가 줄까?"

"아니, 됐어."

지희는 수민이의 말을 자르고 가방을 챙겨서 생활지도실로 갔다.

본관 2층에 있는 생활지도실 문을 여니 생활지도 선생님과 보건 선생님이 둥근 테이블에 앉아 지희를 기다리고 있었다. 생활지도 선생님은 40대 후반의 남자 선생님으로, 학교에서 생기는 폭력 문제를 담당하고 있었다. 이미 보건 선생님으로부터 지희 이야기를 들은 모양이었다.

'두 분 선생님이 왜 나를 부른 걸까?'

생활지도 선생님은 난감한 표정으로 지희를 바라보더니 앉으라고 손짓했다. 지희는 불안한 마음을 누르며 의자에 앉았다.

"음, 현우랑…… 친하니?"

"네."

"왜 옥상에 따라갔니?"

"그, 그게."

"이런 일이 어제 처음이었니? 아님 예전에도 있었니?"

"처음이에요."

생활지도 선생님은 고개를 끄덕이며 머리를 긁다가 귀가 간지러운지 손가락으로 귀를 쑤셨다. 뭘 어떻게 해야 할지 모르겠다는 표정이었다. 보건 선생님은 가만히 앉아서 듣고만 있었다. 일이 자꾸 커져 가는 것 같았다. 무슨 말이라도 해야 할 것 같았다.

"현우가 일부러 그런 거 아니에요. 실수로 그런 거예요. 저한테 사과도 했고요. 현우가 벌 받는 거 아니죠?"

"글쎄, 지금 상황을 봐선 뭐라고 이야기하기 어렵고……, 어쨌든 현우가 한 행동은 성추행이거든. 원칙대로 하면 학교 폭력예방법에 따라 처벌받아야 해."

성추행? 폭력? 처벌? 시퍼렇게 날이 선 말들이 선생님 입에서 튀어나왔다. 지희는 온몸에서 힘이 빠져나가면서 팔다리가 덜덜 떨렸다.

지희는 비틀거리며 의자에서 일어났다. 그리고 있는 힘을 짜내어 말했다.

"아, 아니에요. 그런 거 아니에요."

생활지도 선생님은 굳은 표정으로 말했다.

"계획적인 일은 아닌 것 같은데……. 하지만 앞으로 어떤 일이 벌어질지 모르니까……."

머릿속이 하얘졌다. 지희는 그대로 생활지도실 바닥에 주저앉고 말았다.

"이 철없는 기지배, 중학교 입학한 지 얼마나 됐다고…….

엄마가 그렇게 조심하라고 했건만, 촐싹거리고 나대더니 사고나 치고! 어이구, 사귀려면 제대로 된 애를 사귀든지. 그런 몹쓸 애를 사귀어?"

갑작스레 학교에 호출된 엄마는 집으로 오는 택시 속에서는 가만히 있더니 집에 도착하자마자 퍼붓기 시작했다. 지희가 생활지도실에서 쓰러지자 선생님들은 급히 지희 엄마에게 전화를 했다. 사색이 되어 달려온 엄마에게 생활지도 선생님이 전후 사정을 설명했고 이야기를 들은 엄마는 올 때보다 더 사색이 되었다.

지희는 방문을 잠그고 침대에 누워 이불을 뒤집어썼다. 더이상 엄마 이야기를 듣다가는 미칠 것 같았다.

저녁때 퇴근한 아빠가 엄마와 이야기하는 소리가 방문 너머로 간간이 들렸다. 화가 잔뜩 난 아빠 목소리와 부들부들 떨리는 엄마 목소리를 들으며 지희는 심장이 쪼그라드는 것 같았다.

"어디 사는 애야? 그런 놈은 가만히 두면 안 돼. 내가 가서 그놈 다리몽둥이를 분질러 버려야지. 아니, 그놈 부모부터 만나야겠어. 도대체 자식 교육을 어떻게 시킨 거야?"

"지희도 잘못이 있다니까! 그렇게 흥분만 하면 안 돼. 내일 면담하니까 갔다 와서 뭘 어떻게 해도 해."

"당신은 도대체 뭐한 거야? 애가 그러고 돌아다니는데, 그렇게 될 때까지 뭐하고 있었어?"

엄마는 아무 대답도 하지 않았다. 엄마가 화를 꾹꾹 누르는 모습이 지희 눈앞에 그려졌다.

'도대체 내가 뭘 어쩌고 다녔다고 저런 말을 하는 거야!'

지희는 답답하고 억울했다. 잠시 후 조금 누그러진 아빠 목소리가 들렸다.

"그래서 어떻게 될 것 같아?"

"남자애가 처벌받을 것 같대. 하긴 그런 놈을 그냥 두면 안 되지."

엄마의 목소리가 작아져 그다음 말은 잘 들리지 않았다. 현우가 정말로 처벌을 받는 모양이었다. 지희는 웅크린 채 머리카락을 쥐어뜯었다.

'도대체 어떤 처벌을 받는다는 거지? 어떡하면 좋아. 왜 나한테 이런 일이 일어난 걸까? 어디서부터 잘못된 거지? 내가 수민이에게 털어놓지 않았다면 이렇게 되지 않았을 텐데. 아니, 현우가 옥상으로 나오라고 했을 때 가지 말았어야 하는데. 아니, 내가 현우에게 '키스'라는 말만 꺼내지 않았어도 이런 일은 없었을 텐데.'

결국 지희로부터 출발한 것이었다. 이 모든 일이.

지희는 몇 시간을 꼼짝도 하지 않은 채 생각했다. 어떻게 하면 이 상황을 되돌릴 수 있을지, 자신이 어떻게 해야 하는 지. 그리고 하나의 결론에 도달했다. 자신이 말했던 것들이 모두 거짓말이라고 하는 것이다. 그러면 현우에게 벌을 주지 못할 것이다. 지희 자신이 거짓말이었다고 하는데, 아무 일도 없었다는데, 학교 선생님들도 벌을 주지는 못할 것이다.

'그래, 하는 거야. 현우를 위해서!'

지희는 마음을 굳게 먹었다.

또 다음 날

아침에 거울을 보니 눈이 퉁퉁 부어 있었다. 엄마가 집에 있으라고 했지만 지희는 학교에 가는 엄마를 따라 나섰다. 해야 할 일이 있었기 때문이다.

생활지도실에는 생활지도 선생님과 보건 선생님뿐만 아니라 지희네 담임, 현우네 담임 그리고 교감 선생님까지 모여 있었다. 지희와 엄마까지 자리를 잡으니 탁자가 꽉 찼다.

보건 선생님이 그날 있었던 일을 간략하게 확인하기 시작했다. 여러 개의 눈이 지희를 바라보자 어젯밤 마음먹은 것이 자꾸 흔들렸다. 지희는 눈을 꾹 감았다. 그 모습이 더 측은해 보였는지 선생님들의 낮은 한숨 소리가 지희의 귀에 들려왔다.

"사건이 일어났던 시간은 그저께 하교 직후고요. 정현우가 박지희에게 5층 계단으로 올라오라고 문자를 했어요. 그래서 지희가 올라갔더니 현우가 옥상으로 나오라고 했고요."

다들 아무 말도 하지 않았다. 보건 선생님이 침을 삼키더니 이어 말했다.

"옥상으로 나온 박지희에게 정현우가 강제로 신체 접촉했습니다. 성추행이죠."

지희는 눈을 떴다. 옆에서 엄마가 자신이 잘못이라도 한 양 고개를 숙이고 두 손을 모아 꼭 잡고 있었다. 지희는 맘을 다잡고 입을 열었다.

"아니에요. 전부 제가 거짓말한 거예요. 현우는 그런 적 없어요."

그 순간 생활지도실의 공기가 '덜컹' 흔들리는 것 같았다. 고개를 떨구고 있던 엄마가 고개를 들고 지희를 바라보았고 서류를 들여다보던 교감 선생님도 눈을 들어 지희를 보았다. 모두들 깜짝 놀란 표정이었다.

"전부 다 거짓말이라고요. 죄송해요. 현우랑 싸워서 골려

주려고 그런 거예요. 현우는 그런 적 없어요. 제가 다 지어
낸 거예요."

엄마가 지희의 손을 움켜잡으며 말했다.

"얘가 왜 이래? 사실대로 말해. 이것아. 여기서 거짓말하
면 안 돼. 너만 손해야. 네가 지금 걔 생각하게 생겼어?"

엄마의 목소리가 떨리고 있었다. 지희는 입술을 깨물었다.

'엄마, 미안해. 나는 왜 이런 딸이 되어서 엄마 속을 썩이
는지…….'

지희는 엄마 손을 뿌리치면서 자리에서 벌떡 일어났다.

"아니에요. 제가 거짓말한 거예요. 옥상에 올라가지도 않
았고요. 만졌다는 말도 거짓말이에요."

지희는 떨리는 목소리를 다잡으려고 애쓰며 말했다. 회의
실에 둘러앉은 선생님들은 도대체 뭐가 어떻게 돌아가고 있
는지 파악이 안 된다는 얼굴로 지희를 바라보았다. 그때 지
희의 목소리와는 상반되는, 침착함이 뚝뚝 떨어지는 목소리
가 들렸다. 보건 선생님이었다.

"현우가 미안하다는 문자 보냈다며? 현우가 잘못한 게 아
니면 왜 미안하다는 문자를 보냈니?"

지희는 되는대로 둘러댔다. 미처 생각하지 못한 부분이었
다.

"아, 그것도 제가 거짓말한 거예요⋯⋯."

지희는 몇 번이고 반복해서 말했다.

"죄송합니다. 제가 다 거짓말한 거예요. 정말 죄송합니다. 그냥 장난으로 한 거예요⋯⋯."

의자에 앉히려고 끄는 엄마의 손을 필사적으로 뿌리치면서 지희는 소리쳤다. 거의 울음에 가까운 소리였다.

"지희야, 사실을 말해. 지금 네 말은 현우 진술하고 달라. 거짓말은 현우한테도 도움이 안 돼."

담임 선생님의 목소리가 지희의 귓가에서 흔들렸다. 옆에서 교감 선생님이 거들었다.

"어머니, 걱정하지 마세요. 피해 학생이랑 가해 학생은 반드시 격리합니다. 학교에서 안전장치를 다 마련하고 있으니까, 마음 놓으세요."

"저는 피해 학생이 아니라니까요! 현우도 가해 학생이 아니고요!"

순간 엄마가 벌떡 일어나더니 지희의 뺨을 사정없이 후려쳤다. 지희는 비틀거리며 의자 옆으로 쓰러졌다.

"너, 미쳤니?"

선생님들은 느닷없는 소동에 깜짝 놀라 모두 자리에서 일어났다. 지희 옆에 앉아 있던 보건 선생님이 지희를 일으켜

세웠다. 엄마가 벌게진 얼굴로 선생님들을 향해 고개를 조아리며 말했다.

"죄송합니다. 얘가 충격을 받아 제정신이 아닌 것 같습니다. 며칠 잠도 못 자고 밥도 먹지 않더니 자꾸 헛소리를 하네요. 그 일로 충격을 많이 받은 것 같습니다. 제발 도와주십시오. 저희는 그냥 넘어갈 수 없어요. 가해자는 엄단해 주세요. 제가 이렇게 빌겠습니다."

나는 엄마에게 소리쳤다.

"엄마! 아니라니까."

"조용히 해!"

엄마는 다시 선생님들을 향해 사정했다.

"죄송합니다. 다신 이런 일이 없도록 제가 단단히 교육을 시키겠습니다."

겨우 분위기를 가라앉히고 자리에 앉았지만 다들 불안한 눈빛이었다. 내내 굳은 표정으로 입을 다물고 있던 현우네 담임 선생님이 입을 열었다.

"무조건 현우 잘못이라고 하기엔 무리가 있어요. 강제로 끌고 간 것도 아니고……. 들어 보니까 누구 하나의 잘못이라고 꼭 집어서 말할 수 없겠더라고요. 현우도 우발적으로 한 행동이에요."

82

"음, 잘못한 학생은 벌을 받아야지요. 그게 누구든 간에 요."

교감 선생님이 알쏭달쏭하게 말했다. 다시 침묵이 흘렀다. 생활지도 선생님이 엄마 앞으로 몇 가지 서류를 내밀었다.

"내일 가해 학생 부모님과 만나 이야기를 하고 해결이 안 되면 폭력대책자치위원회를 소집합니다. 학교로서는 양쪽 학생을 다 보호해야 하기 때문에 합리적인 결론을 내리려고 노력할 거예요. 그리고 또……."

지희는 정신을 가다듬으려 노력했다. 마음속에서 여러 가지 생각이 요동쳤다.

'그래서 어떻게 한다는 거지? 내일 우리 엄마와 현우 엄마가 만난다는 소리 같은데. 우리를 다 보호해 준다고? 어떻게 보호해 준다는 말이지?'

여기서 이야기를 마무리하라는 듯 수업이 끝나는 종소리가 울렸다. 선생님들은 도망치듯 자리에서 일어났고 지희는 엄마 손에 끌려 집으로 돌아왔다.

집으로 돌아온 후 수업이 끝나기를 기다려 현우에게 전화를 걸었다. 뭐라고든 현우에게 이야기를 해야 했다. 신호가 갔지만 받지 않았다. 화가 난 걸까? 아니면 전화받기 어려운 걸까? 다섯 번째 걸었을 때 드디어 전화를 받았다.

"여보세요?"

현우가 아니었다. 여자였다. 지희는 당황했다.

"저, 현우 휴대폰 아닌가요?"

상대는 잠시 가만히 있었다. 끊을까 망설이는데 소리가 들렸다.

"너, 혹시 지희니?"

여자의 목소리에서 가시가 느껴졌다.

"아, 맞는데요. 현우 없어요?"

말하는 순간 지희는 상대방이 현우의 엄마라는 걸 알 수 있었다.

"참나, 기가 막혀. 너 정말 이상한 애구나. 너 때문에 지금 현우가 얼마나 힘든지 아니? 그렇게 난리를 쳐 놓고 전화는 왜 하니? 지금 장난하니? 네 장난 때문에 현우가 파렴치범으로 몰렸잖아!"

"죄, 죄송해요. 그러려던 게 아닌데……."

지희가 짐작했던 것보다 현우의 상황이 더 심각한 것 같았다.

"너는 내가 죽는 날까지 용서 못 해! 앞으로 절대 현우한테 연락하지 마."

그러고는 전화가 끊겼다. 현우 엄마의 말을 듣는 동안 지희는 마음이 조각조각 부서져 나가는 것 같았다.

지희는 방바닥에 주저앉았다. 눈물이 쉬지 않고 흘러나왔다. 자신의 경솔한 행동이 가시가 되어 현우를 찔렀을 것이라는 생각을 하니 죽고 싶었다.

'파렴치범이라니. 잘못이 있다면 내게 있다고!'

지희는 그렇게 일주일을 집에서 꼼짝 않고 보냈다. 학교에 다녀온 엄마는 아무 말도 해 주지 않았다. 현우 소식은 안부 전화를 한 수민으로부터 들을 수 있었다.

"현우는 어떻게 됐어?"

"그게 말야⋯⋯."

"어떻게 됐는데?"

수화기 저편에서 망설이는 기색이 느껴졌다.

"휴, 어차피 알게 될 일이니까⋯⋯."

수민이는 한숨을 푹 내쉬더니 대답했다.

"현우는 강전 됐어."

강전? 현우가 강제 전학 처분을 받았다고? 온몸에서 기운이 모두 빠져나갔다.

"그나마 고의로 그런 게 아니라 강전으로 끝났대."

"⋯⋯."

"지희야?"

"……."

그 순간이었다. 지희의 가슴속에 흩어져 있던 파편들이 한 군데로 몰리더니 단단하게 뭉치기 시작한 때가. 지희는 더 이상 아무 말도 하지 않고 전화를 끊었다.

그 후로 가슴 한 켠에 뭉친 조각들은 아무 때나 예고 없이 지희의 가슴을 아프게 했고, 지희는 차츰 그 존재감에 익숙해졌다. 원래부터 딱딱한 덩어리 하나를 가슴에 박고 살아온 것처럼.

그 후

지희가 학교로 돌아갔을 때 아이들은 지희를 특별 취급해 주었다. 연애하다가 성추행당한 불쌍한 애. 그 일로 충격을 받아 말이 없어진 애. 지희는 뒤에서 아이들이 수군대는 소리에도 익숙해져야 했다.

"쟤가 걔야?"

"그렇다니까. 쉿, 다 듣겠다."

학교에는 다른 부류도 있었다.

"나쁜 년!"

"너 같은 거 재수 없어!"

"쓰레기!"

현우랑 친했던 아이들은 지희와 마주칠 때마다 거친 말을 내뱉었다. 처음에는 당황스러웠지만 나중에는 익숙해졌다. 지희 스스로 그런 욕을 먹어도 싸다고 생각했다.

지희에게는 새로운 버릇이 생겼다. 쉬는 시간이나 점심시간이면 5층 계단에 올라가 앉아 있는 일이었다. 지희는 마지막 계단에 앉아 새 자물쇠가 채워진 옥상 철문을 바라보았다. 가끔 종 치는 소리를 놓쳐, 뒤늦게 정신을 차리고 교실로 돌아가기도 했다. 그러다가 혼나는 일도 많았다. 딱히 친구들과 어울리기 싫거나 따돌림을 당해 그런 것은 아니었다. 그냥 거기에 있고 싶었다. 누군가를 기다리듯이. 누군가에게, 또는 자신에게 할 말을 찾듯이.

그렇게 시간이 지나갔다. 그리고 다시 봄이 왔다. 학년이 바뀌고 반이 바뀌고 친구들도 조금씩 변해 갔다. 지희를 둘러싼 모든 것이 조금씩 변했다.

봄이 막 끝날 즈음의 어느 날이었다. 점심을 먹고 습관처럼 5층 계단으로 올라가던 지희는 자신의 눈을 의심했다. 계단 너머로 보이는 옥상 철문이 활짝 열려 있었기 때문이다. 그날 이후로 한 번도 열려 있는 걸 보지 못했는데…….

지희는 무언가 봐서는 안 되는 것을 본 것처럼 슬그머니 겁이 나고 가슴이 두근거렸다. 그렇다고 교실로 돌아가고 싶지는 않았다. 지희는 문에 쉽사리 다가가지 못하고 늘 앉던 마지막 계단에 앉아 활짝 열린 문을 바라보았다.

'왜 열려 있을까?'

옥상에서는 아무 기척도 느껴지지 않았다. 누군가 열어 놓고 잠그는 것을 잊어버린 모양이었다. 일 년 전의 그날처럼 옥상에는 햇빛이 내리쬐고 있었다. 두근거리던 심장이 잠잠해졌을 때 지희는 무언가에 끌리듯 일어섰다. 그러고는 철문으로 다가가 자기의 정강이 높이만큼 올라온 문턱을 넘었다.

옥상 위의 광경은 그동안 시간이 멈추기라도 한 듯이 그대로였다. 망가진 의자와 책상들이 한쪽 벽에 나란히 줄 서 있었고 모래 포대 같은 것들이 두세 개 바닥에 부려져 있었다. 그때와 다른 것이 있다면 그날처럼 바람이 불지 않는다는 것이었다. 아, 그리고 또 하나, 현우가 없다는 것!

지희는 조심스레 옥상 난간에 다가섰다. 그리고 주변 풍경을 내려다보았다. 운동장에서는 한창 축구 시합이 벌어지고 있었고, 나무 그늘 아래 벤치에는 커플처럼 보이는 두 아이가 앉아서 이야기를 나누고 있었다. 거기에서 조금 떨어진 벤치에서는 몇몇 아이들이 과자 봉지를 가운데 놓고 먹고 있었고, 그 옆에 있는 농구대에서는 서너 명이 농구를 하고 있었다. 늘 똑같은 학교의 풍경이었다.

지희는 교문에서 잠시 눈을 멈췄다가 맞은편의 주택가와 아파트 단지로 눈을 돌렸다. 그리고 하늘을 바라보았다. 구름 한 점 없이 맑은 하늘이었다. 지희는 눈을 감고 햇살을 느꼈다. 햇살이 지희의 몸을 따스하게 감싸 주었다. 지희는 그동안 누르고 있던 것을 터뜨리듯이 소리쳤다.

"정, 현, 우!"

운동장에서 아이들의 떠드는 소리와 웃음소리가 더욱 선명히 들려왔다. 지희는 다시 허공을 향해 소리쳤다. 마치 현우가 저기 어딘가에서 듣고 있기라도 한 것처럼.

"미, 안, 해!"

가슴 밑바닥까지 긁어내 힘껏 내지르는 소리였다. 지희는 잠시 그대로 서 있었다. 10분 정도 지났을까. 점심시간이 끝났음을 알리는 종이 울렸다. 지희는 마치 현실로 돌아가는 통로를 찾아가듯이 철문으로 들어갔다.

그 후에 옥상 철문이 열려 있는 일은 다시 없었다. 지희도 예전처럼 자주 계단에 올라가지 않았다.

여름 방학이 시작될 무렵이었다. 지희는 우연히 현우의 이름을 발견했다. 아이들이 많이 가입한 소셜 네트워크에서였다. 지희는 처음 가입한 후 이 친구, 저 친구의 계정을 쫓아다니며 그들의 일상을 구경했다. 그렇게 여기저기를 기웃거리다가 '정현우'라는 이름을 발견한 것이다.

그 애는 멀지 않은 곳에 있었다. 친구의 친구의 친구 정도? 하긴 3개월이 못 되는 시간이라도 같은 학교를 다녔으니 당연한 것인지도 모른다.

현우는 글도 올리지 않고 사진도 몇 장밖에 올리지 않았다. 여러 친구들과 함께 찍은 사진 하나에서 유일하게 그 애의 모습을 발견할 수 있었다. 워낙 작고 흐릿하게 나와 제대로 알아볼 수는 없었지만 그 사이 키도 몰라보게 크고 앳된 모습도 사라진 듯했다.

지희는 자주 도둑 방문을 했다. 그러다가 용기를 냈다. 친구 신청 버튼을 누른 것이다. 마우스를 옮기는 손이 바르르 떨렸다.

박지희 님이 정현우 님께 친구 신청을 했습니다.

버튼을 누르자 메시지가 떴다. 메시지는 두려움과 함께 묘한 설렘을 주었다. 며칠 후, 현우의 친구 수락 메시지가 떴다. 하지만 그 애는 지희에게 말을 걸어오지 않았다. 망설이

다가 지희가 먼저 글을 남겼다.

어떻게 지내니? 너한테 하고 싶은 말이 있는데 만날 수 있을까?

사흘이 지나도 답변이 없었다. 못 본 걸까? 아니면 보고도 답을 안 하는 걸까? 그러기를 며칠, 지희가 기다리다 지칠 즈음 메시지가 왔다.

뭐, 그럭저럭... 난 수요일 수업 끝나고 시간 되는데...

현우가, 현우가 대답을 했다! 지희는 눈을 의심했다. 이거 정말 현우가 보낸 거 맞아? 정말이야? 실감이 나지 않았다. 수요일, 학원 수업이 있긴 하지만 이것보다 중요하지는 않았다.

수요일 좋아. 종이배 기억하니? 5시 어때?

좋다는 답변이 왔다. 기쁨도 잠시, 걱정이 밀려왔다. 약속을 잡긴 했지만 그 애를 마주하려니 걱정이 되었다. 하지만 이것이 처음이자 마지막 기회일지도 모른다. 지희가 현우에게 무언가를 할 수 있는, 그리고 자기 자신을 위해 무언가 할 수 있는 마지막 기회.

'맞아. 나도 현우도 힘든 터널을 지나왔어. 숨 막히고, 외롭고, 심장이 폭발할 것 같던 시간들. 나의 터널보다 그 애의 터널이 더 힘겨웠을 거야.'

지희는 심호흡을 한 번 한 뒤 스케줄러를 펼치고 '5시 종이배'라고 힘을 주어 적었다.

카페에서 흘러나오는 음악이 바뀌었다. 약간 시끄럽다 싶을 정도로 흥겨운 음악이었다. 지희는 물 한 모금을 들이켰다. 물 잔을 내려놓자 컵을 받친 냅킨의 '종이배'라는 글자가 물에 젖어 주글주글해졌다. 지희는 심장 속에 박힌 복숭아씨에게 말을 걸었다.

'준비됐니?'

복숭아씨는 대답 대신 몸을 한번 뒤척였다. 익숙한 아픔. 이제는 아예 심장의 일부가 되어 버린 딱딱한 덩어리가 지희에게 오케이 사인을 보냈다.

'미안해, 네가 얼마나 힘들었을지 알아. 그리고 이해해 주길 바라. 나도 많이 힘들었다는 걸.'

현우에게 할 말을 몇 번 되뇌었을까? 카페의 문이 열리면서 문에 달린 종이 땡그랑거렸다. 카페 밖에서 햇살 한 줌이 먼저 들어왔다. 누군가 들어온다. 그 애일까? 지희는 천천히 고개를 들었다.

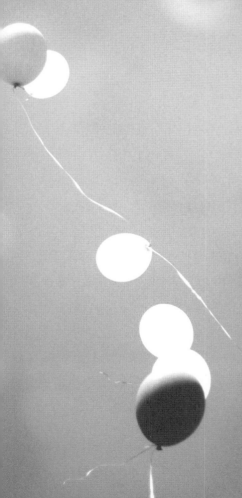

붉은 주먹

경기장 안은 썰렁했다. 사람들이 듬성듬성 앞자리를 채우기는 했지만 관중석은 텅 비다시피 했고 링 주변에만 몇몇 사람들이 다닥다닥 붙어 있었다. 다른 경기와 조금 다른 점이라면 카메라를 든 기자들이 눈에 띈다는 것이었다.

땡!

경기가 시작되었다. 붉은 헤드기어를 쓴 한유리의 얼굴은 내가 예상했던 모습과는 달랐다. TV나 사진에서 눈웃음을 쳐가며 방긋방긋 웃던 모습은 어디에도 없었다. 대신 하얗다 못해 창백한 얼굴과 팽팽하게 긴장한 눈빛이 헤드기어 아래에서 날 쏘아보고 있었다. 내가 링 가운데로 들어서자 나를 쏘아보던 한유리의 눈빛이 불안하게 흔들렸다. 겁을 먹은 것일까. 아니, 일부러 약한 척하는 건지도 모른다. 나는 두 주먹을 얼굴 가까이 바짝 끌어당긴 채 천천히 발을 움직였다.

내가 한유리를 처음 본 것은 재작년인가 TV 시트콤에서였다. 그녀는 신인으로서는 드물게 시트콤에서 비중 있는 역할을 맡았었다. 그 덕인지 꽤 스포트라이트를 받고 이런저런 프로그램에도 얼굴을 내보였다. 그러나 그게 다였다. 시트콤이 끝난 뒤 별다른 인상을 남기지 못한 채 사람들의 기억 속에서 사라져 갔다.

잊혀져 가던 '한유리'라는 이름이 얼마 전부터 인터넷 연예란에 다시 등장했다. 복싱을 소재로 한 미니 시리즈에 출연하면서 복싱을 배운다는 소식이었다. 그녀는 내친김에 생활 복싱 대회에 출전했고 이어 아마추어 복싱 선수권 대회로 진출했다. 이 대회 1차전을 판정승으로 이기고 2차전에서 나와 만났다. 2차전 상대가 한유리라는 이야기를 들었을 때 별로 달갑지 않았다. 왠지 들러리 역할을 맡은 느낌이었다. 착한 주인공 역을 맡은 한유리에게 주먹을 날리는 못된 악당이 되어야 할 것 같은 느낌⋯⋯.

내가 먼저 잽을 날렸다. 한유리는 날쌔게 뒷걸음질 쳐서 피했다. 그리고 가드*를 풀지 않은 채 나와 거리를 유지했

---

* 방어하는 자세. 복서가 경기 태세를 갖추었을 때의 팔의 자세.

다. 그녀는 쉽사리 덤비지 못하고 슬금슬금 내 주변만 맴돌았다. 나는 어깨에서 힘을 조금 뺐다. 경직되었던 온몸의 근육이 살짝 풀렸다. 숨통이 틔자 목까지 차올랐던 긴장도 조금 가라앉았다.

나는 몇 차례 잽을 날렸지만 결정적 포인트는 얻지 못했다. 상대도 마찬가지였다. 링 아래에서 관장님의 목소리가 들려왔다.

"먼저 들어가!"

나는 원투* 스텝을 하면서 파고들었다. 한유리 역시 물러서지 않았다. 그러나 그녀의 자세는 어딘가 모르게 어정쩡했다. 몇 번의 경기에서 이겼다고는 하지만 복싱을 시작한 지 8개월밖에 안 된 신참이었다. 그에 비해 나는 나이는 어리지만 복싱에 입문한 지 벌써 2년이 다 되어 간다.

나는 잽, 잽, 다시 잽을 날리며 치고 들어갔지만 위협적이지 못했다. 두 번은 상대의 글러브에 막히고 한 번은 헛스윙에 그치고 말았다. 한유리도 가만히 있지 않았다. 스트레이트, 잽, 지지 않고 덤볐다. 비록 자세는 어정쩡했지만 일단 휘두르고 본달까? 그건 마치 자신을 보호하기 위한 본능처럼 보였다.

---

* 복싱에서 왼손과 오른손을 이용해 공격하는 기초적인 자세.

서로가 몇 차례 휘두르고 맞받아 내는 사이 그녀의 눈빛에서는 아까의 초조한 기색이 사라져 가고 있었다. 자기 페이스를 찾으며 자신감이 살아나는 듯했다. 그런 모습을 보니 왠지 마음이 불편했다. 상대가 강해서 두려운 것도, 상대가 약해서 만만히 보인 것도 아니었다. 한유리 얼굴에서 투지 같은 것이 비쳤기 때문이다.

내가 잘못 이해했던 걸까? 그들이 분명히 그렇게 말했는데. 한유리에게 투지 따위는 없다고, 그녀는 복싱을 지긋지긋해한다고. 그녀에게 복싱은 스타가 되기 위한 관문일 뿐이고 복싱을 하는 이유는 기획사의 이미지 메이킹 때문이라고. 그날 그들이 그렇게 말했는데…….

한유리의 매니저가 체육관에 찾아온 날, 관장님 방에서 큰소리가 오고 갔다. 그때 나는 1차전을 이긴 상황이었고 며칠 남지 않은 2차전을 준비하고 있었다.

방에서 큰소리가 날 때마다 미트*에 부딪치는 내 주먹 소리는 작아졌다. 미트를 받아 주는 동갑내기 진우가 제대로 하라는 눈치를 보냈다. 뭐라고 말하는지는 알 수 없었지만 관장님이 화가 난 것은 분명했다. 관장님이 큰소리로 뭐라고

* 복싱 연습 시 펀치를 받는 글러브 같은 장갑.

하면 상대방이 조곤조곤 달래는 것 같았다.

얼마 안 가, 문이 벌컥 열리며 관장님이 나왔다. 뒤이어 한유리의 매니저와 조금 나이 들어 보이는 사람이 나왔다. 나이가 들어 보이는 사람은 왠지 낯이 익었다. 관장님은 그들을 문 쪽으로 몰아내며 말했다.

"돌아가세요. 못 들은 걸로 할 테니까."

나이 들어 보이는 사람이 관장님의 팔을 잡았다.

"구 관장!"

관장님은 완강하게 손을 내저으며 두 사람을 문밖으로 밀어냈다.

"이런 말씀 하실 거면 오지 마세요."

그들이 나가자 관장님은 체육관 문을 거칠게 닫았다. 그들의 모습을 유심히 바라보던 진우가 내게 눈짓하며 조그맣게 이야기했다.

"김홍철 선수!"

"김, 홍, 철?"

"몰라? 우리나라 전 미들급 챔피언이잖아. 관장님이 예전에 선배라고 이야기하신 적 있어."

그들이 간 후 관장님은 체육관 사무실에 들어가 한참을 나오지 않았다. 우리는 다시 훈련을 시작했다.

훈련하는 내내 진우는 김홍철 선수에게서 사인을 받지 못해 아쉬워했다. 하지만 나는 그것보다 그 사람이 왜 한유리 매니저와 우리 체육관에 왔는지 궁금했다.

연습이 끝나고 밤 9시가 넘어 체육관 문을 나서는데 누군가 불렀다.

"양은경 선수!"

한유리 매니저와 김홍철 선수가 체육관 앞에 차를 세워 놓고 서 있었다.

"양은경 선수, 잠깐 차 한 잔 하고 가요."

한유리 매니저가 체육관 바로 옆의 카페가 딸린 제과점을 가리켰다. 나는 쉽게 발걸음이 떨어지지 않았다.

"저, 저는 좀……."

그러자 김홍철 선수가 나섰다.

"양 선수 얘기, 구 관장한테 많이 들었어요. 잠깐이면 돼요."

나를 안다고? 관장님이 내 얘기를 했다고? 나는 더 이상 사양 못 하고 따라 들어갔다.

카페 안쪽의 둥그런 탁자에 자리를 잡았다. 카모마일 차의 따뜻한 기운이 온몸에 퍼졌다. 카페 창밖으로 체육관 문을 닫고 귀가하는 관장님과 진우의 모습이 보였다. 두 사람

은 내가 이곳에 있다는 사실은 알지 못한 채 카페 앞을 지나
갔다. 아까 관장님이 화를 내던 모습이 떠올랐다. 나는 무언
가 잘못을 저지르는 사람처럼 몸을 웅크렸다.

"연습하느라 고단하겠네."

김홍철 선수가 얼굴에 어색한 웃음을 띠고 말을 꺼냈다.
그러고는 내 앞으로 명함을 내밀었다. 복싱협회 이사, 체육
관 대표, 챔피언 경력 등, 내가 봤던 어떤 명함보다 이력이
길고 화려했다.

김홍철 선수는 내게 언제부터 복싱을 시작했는지, 경기 경
력은 어떻게 되는지 등 소소한 질문 몇 가지를 했다. 그리고
잠시 침묵이 흘렀다.

"사실은, 양 선수에게 부탁할 게 있어요."

한유리의 매니저가 먼저 입을 열었다.

"아까 구 관장님께도 말씀드렸는데, 양 선수와 2차전을 앞
두고 우리가 좀 떨고 있어요. 무슨 말이냐면······"

"정 실장, 내가 대신 얘기하지."

김홍철 선수가 한유리 매니저의 말을 막았다. 그는 천천히
차 한 모금을 마시고 말을 이었다.

"구 관장 말야. 성실하고 속도 깊은 친구야. 그동안 좋은
선수들도 많이 키워 냈고······. 하지만 크게는 못 키웠지. 양

선수도 꿈을 높이 가지려면 좀 더 큰물에서 놀아야 해. 아직 어리니까 앞으로 기회는 무궁무진하게 많아. 내가 구 관장을 아끼니까 양 선수에게도 도움을 주고 싶어."

무슨 말을 하려는 걸까. 두 사람의 말과 표정으로는 도대체 무슨 말을 하려는 건지 알 수가 없었다.

"양 선수의 가능성을 우리가 아니까, 그건 뭐 나중을 기약하면 되는 거고. 오늘은 뭘 좀 부탁하려고."

나한테 부탁할 일이 있다니? 나는 긴장이 되어 괜스레 차를 홀짝였다. 김흥철 선수가 비밀 이야기라도 하듯 몸을 구부리며 조심스럽게 말했다.

"그 애 얼굴, 건드리면 와장창이야."

무슨 소리지? 건드리면 와장창이라니. 뜬금없는 말에 나는 눈만 껌벅거리며 두 사람을 쳐다보았다.

"한유리 성형했다고. 턱 깎고 코 세우고 눈도 당연히 했고……."

전혀 예기치 않았던 이야기에 나는 조금 당황했다. 연예인이 성형한 것이 뭐 새로운 사실일까? 쌍꺼풀 수술은 친구들 중에도 이미 한 아이들이 있고 학교를 졸업하면 더 많은 친구들이 그 대열에 낄 텐데. 나도 돈이 있으면 당장 옷이랑 화장품을 사고 쌍꺼풀 수술을 하고 싶다.

"헤드기어 쓰니까 안면 보호는 충분히 되는데, 그 애가 좀 겁이 많아서."

안면 보호라고? 나는 그제야 무슨 말인지 알 것 같았다. 차의 따뜻한 기운이 얼굴로 훅 올라왔다. 김홍철 선수가 정 실장에게 턱으로 신호를 보내자 그가 말을 받았다.

"양 선수가 1차전에서 보여 준 한 방 말이에요. 그거 보고 유리가 엄청 겁을 집어먹었어요. 원래 걔가 복싱 체질이 아니에요. 투지도 없고……."

1차전 2라운드에서 내가 날린 카운터펀치에 상대 선수가 다운되었던 이야기를 하는 것 같았다. 상대 선수가 다운되었을 때 링 밑에서 경중경중 뛰며 좋아하던 관장님의 얼굴이 스치듯 떠올랐다. 나는 그 펀치 덕분에 2차전에 올라왔다.

"그래서 말인데. 인간적으로 부탁 하나만 할게요. 그 한 방만……."

정 실장은 말이 선뜻 나오지 않는 모양이었다. 김홍철 선수는 눈을 내리깔고 테이블의 둥근 가장자리만 바라보고 있었다. 정 실장이 후우, 하고 한숨을 쉬더니 말을 이었다.

"오해하지 말고 들으세요. 절대 경기를 져 달라는 뜻이 아니에요. 양 선수 기량을 충분히 발휘하세요. 다만 그 한 방만 피해 달라는 거예요. 유리 얼굴에……."

정 실장은 이렇게 이야기하며 무언가를 내게 내밀었다. 하얀 봉투였다.

땡!

15초의 휴식을 알리는 공이 울렸다. 경기를 중지시키는 주심의 뒷모습 너머로 한유리의 얼굴이 보였다. 붉게 상기되기는 했지만 멀쩡했다. 나는 청 코너로 돌아가 섰다. 관장님이 핏발 선 눈으로 다그쳤다.

"은경아, 지금 공격이 제대로 안 되고 있어. 왜 그래? 아래쪽으로 툭툭 건드리다 말고. 안면 공격해. 쟤는 안면이 약점이라고. 알았지?"

나는 아무 말도 할 수 없었다. 그저 고개만 끄덕였다.

'안면 공격.'

네 글자를 목구멍에 구겨 넣듯이 삼키며 일어섰다. 하지만 내 몸은 녹슨 로봇처럼 삐걱거리며 느리게 움직였다.

"들어가! 지금 들어가!"

관장님의 외침이 귓전을 때리는 순간, 나는 오른팔에 힘을 모았다. 그와 동시에 커다란 붉은 주먹이 내 시야를 가득 채웠다. 일순 경기장 안이 정전된 것처럼 깜깜해졌고 모든 사람이 한꺼번에 사라진 듯 아무 소리도 들리지 않았다.

모든 소리가 사라진 암흑의 공간 속에서 나는 배터리가 다 떨어진 장난감 인형처럼 꼼짝 못했다. 나는 그대로 밀려 한쪽 로프에 몸을 의지했다. 갑자기 스위치가 켜진 것처럼 사람들이 내지르는 소리가 거세게 내 몸 위로 덮쳐 왔다. 양다리에서 힘이 빠져 나갔다. 등에 닿은 로프가 온몸을 지탱시켜 주는 외줄 생명 끈처럼 느껴졌다.

이쪽저쪽에서 카메라 플래시가 터졌다. 번쩍거리는 불빛 때문에 눈을 뜰 수 없었다. 통증은 느끼지 못했다. 링에 선 선수에게 통증보다 무서운 것이 두려움이다.

나는 두려워졌다. 한유리의 주먹이, 아니 사람들이, 한유리 편에 있는 사람들이 두려워졌다. 그때 나를 부르는 소리가 들렸다.

'정신 차려, 양은경! 정신 차리란 말야!'

누구지? 지금 누가 나를 불렀지? 관장님? 아니야. 관장님 목소리가 아니야. 그럼 김홍철 선수? 아니야. 그럴 리 없어. 그럼 누가 내 이름을 부르는 걸까. 누구의 것인지 모를 목소리가 머릿속을 텅텅 울렸다.

"그게 무슨 소리야?"

식당에서 일을 마치고 돌아온 엄마가 검은 비닐봉지를 식탁 위에 올려놓았다. 봉지 사이로 소주병 주둥이가 삐죽 보였다. 엄마가 벗어 놓은 외투에서 차가운 바깥 날씨가 느껴졌다.

"그러니까 한유리 얼굴을 안 때리면 돈을 준다는 거야."

"왜?"

"걔가 얼굴 성형했거든."

"성형한 애가 왜 권투를 하고 지랄이야."

"내 말이."

엄마는 식당에서 가져온 반찬 몇 가지를 냉장고에 넣고 옷을 갈아입었다. 그러고는 방바닥에 주저앉아 검은 봉지에 든 소주와 조미 오징어를 꺼냈다.

"별 미친것들 다 보겠네. 그래서 어떡했어?"

"뭘 어떡해? 거절했지."

"얼만데?"

"몰라. 봉투 안 열어 봤어."

엄마는 손을 뻗어 텔레비전 리모컨을 집었다. 텔레비전에서 왁자지껄한 웃음소리가 쏟아져 나왔다. 엄마는 시선을 텔레비전에 고정시킨 채 오징어를 질겅질겅 씹었다.

"몇 백 되나?"

그 돈이 얼마인지 나는 전혀 관심이 없었다. 몇 십이든,

몇 백이든, 몇 천이든 나랑 무슨 상관인가. 그런데 엄마는 그렇지 않은 모양이었다. 나는 오징어를 씹느라 실룩거리는 엄마의 옆얼굴을 쳐다보며 물었다.

"왜? 돈 받으면 좋았겠어?"

엄마는 아무런 대꾸도 하지 않았다. 아무 말 없는 엄마를 보고 있으려니 나는 슬슬 부아가 났다. 내가 돈을 받고 경기에서 져 주기라도 바라는 걸까. 엄마는 입안에 있는 오징어를 꿀꺽 삼켰다.

"때려 쳐. 걔도 얼굴 다칠까 봐 그 지랄을 하는데 너는 왜 그만 못 둬?"

"어유 또 그 소리. 지겨워, 지겨워!"

나는 벌떡 일어났다. 더 이상 이야기해 봤자 허구한 날 하는 소리를 반복할 것이 뻔하다.

띠리링 띠리링.

갑작스러운 전화벨 소리에 엄마와 나는 서로를 쳐다보았다. 11시가 다 된 시각에 전화할 사람이 없는데…….

"여보세요. 집주인인데요."

수화기 너머로 낯선 목소리가 들려왔다.

"아, 네."

나는 최대한 공손히 말을 받았다.

"낮에 아무도 없어서 다 늦게 전화를 했네. 어른 계시나?"

엄마에게 수화기를 건넸다. 나는 엄마에게 입 모양으로 '집주인'이라고 귀띔했다. 엄마의 얼굴이 순간 일그러졌다.

"안녕하세요······. 그러잖아도 날짜가 다가와서······ 네, 저희 사정이 안 좋다 보니······ 그렇게 많이요······? 곤란한데······ 갑자기 어디서 그 많은 돈을······ 저희 사정 좀 봐주시지······ 네, 네, 네······, 안녕히 계세요."

엄마는 힘없이 수화기를 내려놓고 방바닥에 앉았다.

"왜? 전세금 올려 달래?"

엄마는 대답 대신 한숨을 길게 내쉬었다. 그러지 않아도 피곤해 보이던 엄마의 얼굴에 그림자가 짙게 깔렸다.

"잔 좀 가져와."

"맨날 청승맞게······."

나는 좁은 거실을 쾅쾅거리며 걸어가 찬장에서 잔을 꺼냈다. 왜 하필 이런 순간에 저런 전화가 온단 말인가. 돈 따위는 필요 없다고 말하고 싶었는데, 금방 온 전화가 너 따위는 입 닥치라는 것 같았다.

텔레비전에서 흘러나오는 웃음소리가 썰렁한 방안을 채웠다. 엄마는 소주 반병을 비우고 잠이 들었다. 나는 엄마 머리에 베개를 대 주고 엄마 옆에 누웠다. 일 년 전 아빠가 돌아가신 후부터 나는 엄마 옆에서 잤다.

　잠을 뒤척이다 새벽에 설핏 잠이 깼다. 잠결에 무슨 소리를 들은 것 같았다. 나는 실눈을 떴다. 어둠 속에 우두커니 앉아 있는 엄마가 눈에 들어왔다. 엄마는 소리 죽여 흐느끼고 있었다. 울음소리는 높아졌다가 낮아졌고 다시 높아졌다.

　나는 이불 속으로 깊이 파고들었다. 그리고 눈을 꽉 감았다. 더 이상 엄마가 보이지 않고 울음소리도 들리지 않았다. 나는 다시 잠에 빠져들었다.

　"정신 차려!"

　관장님의 목소리가 들려왔다. 한유리의 잽이 매섭게 날아들고 있었다.

　퍽, 퍽, 퍽.

　세 번째 잽을 이기지 못하고 나는 휘청거리며 물러섰다. 한 번 나를 밀어붙인 후 한유리는 자신감을 완전히 회복한 모습이었다. 그녀는 입을 앙다물고 압박해 왔다. 나는 가드를 올리고 상대의 펀치를 막아 내며 옆구리를 공격했다. 한유리가 옆구리에 가해진 타격 때문에 몸을 굽히며 가드를 풀었다. 괴로운 듯 미간을 잔뜩 찌푸렸다.

　"지금 꽂아!"

관장님이 다급하게 외쳤다. 나는 한유리의 얼굴을 향해 팔을 뻗었다. 하지만 내 주먹은 그녀의 얼굴에 닿지 못했다. 무언가 뒤에서 내 팔을 잡고 끌어당기는 것 같았다. 그 틈을 타 한유리의 펀치가 내 얼굴에 꽂혔다. 한 번, 두 번, 코피가 난 것 같았다. 어떻게 해볼 겨를도 없이 이번에는 복부에 펀치가 들어왔다. 나는 어느새 코너에 몰려 있었다. 주심이 와서 한유리를 떼어 냈다. 여기저기서 탄성과 박수 소리가 터져 나왔다. 그리고 한유리의 승리를 축하하는 폭죽처럼 플래시가 터졌다.

주심이 다시 붙으라는 손짓을 했다. 한유리가 나비처럼 가볍게 중앙으로 들어왔다. 코너에서 링 중앙까지 두세 걸음. 나는 그 걸음이 어느 때보다도 무거웠다. 한 걸음, 두 걸음, 세 걸음. 나는 쇳덩이를 질질 끌고 가는 것처럼 버겁게 중앙으로 나아갔다.

한유리가 다시 가드를 올리고 공격을 시작했다. 나는 한유리의 공격을 막기 위해 가드를 올렸다. 순간 마음속 깊은 곳에서 지금 이대로 포기하고 싶다는 생각이 번지기 시작했다.

'어차피 무너질 거라면 지금 무너지나 끝까지 가서 무너지나 똑같잖아. 아니, 그래도 그럴 수 없어. 그렇게까지 망가질 수는 없어.'

땡! 그때 넘어지려는 나를 잡아 주듯이 공이 울렸다.

나는 다시 청 코너로 돌아갔다. 관장님의 얼굴은 흙빛이었다. 관장님은 아무 말 없이 내 얼굴을 수건으로 닦아 주었다. 수건에 붉은 핏자국이 묻어났다. 관장님의 눈을 똑바로 볼 수 없었다. 크나큰 죄를 저지른 기분이었다. 관장님은 내 어깨를 주무르며 나직이 말했다.

"이제부터가 중요한 거야. 지금부터 시작이다."

나는 고개를 떨어뜨렸다. 관장님의 말에 자신 있게 대답할 수 없었다.

누군가 링 아래에서 나를 부르는 소리가 들렸다. 언제 왔는지 엄마가 와 있었다. 식당에서 용케 나왔나 보다. 엄마의 눈가와 코끝이 빨갰다. 엄마가 로프 사이로 손을 뻗어 내 다리를 어루만졌다. 무슨 말을 하고 싶은 걸까. 나를 부르는 공 소리가 울렸다. 엄마가 다리를 잡고 있던 손에서 힘을 뺐다.

"헐."

진우가 내 이야기를 듣고 어이없다는 표정을 지었다. 딱히 믿을 만한 놈은 못 되지만 털어놓고 속 시원히 이야기할 상대가 필요했다.

"얼굴은 때리지 말라고? 그게 그거지. 져 달라는 소리지. 그래서 어떡했어? 확 엎어 버리지 그랬어?"

진우가 흥분해서 소리를 높였다. 나는 관장님이 있는 사무실을 향해 눈짓하며 목소리를 낮추라는 시늉을 했다.

"관장님한테 절대 말하면 안 돼."

내가 재차 다짐을 받자 진우는 고개를 끄덕였다. 하지만 얼굴에는 못마땅하다는 기색이 역력했다.

"아우, 어떻게 관장님 선배라는 인간이 그러냐? 확 그냥……."

진우의 얼굴에 실망이 가득했다. 나는 고개를 떨어뜨리고 바닥을 응시했다. 파란색 복싱화의 낡은 코끝이 눈에 들어왔다. 그 사람이 잘했나 못했나는 내가 따질 문제가 아니었다. 아니 내게는 그런 걸 따질 여유가 없었다.

"그런데 지금 우리 집 사정이 너무 안 좋아."

진우가 손에 감은 붕대를 풀다가 멈칫했다.

"너, 미쳤어? 그래서 돈 받겠다는 거야?"

"아니. 싫다고 했어. 그런데…… 그냥 사정이 그렇다고."

진우는 잠시 아무 말 않고 나를 바라보다가 천천히 고개를 끄덕거렸다. 내 고민을 이해한다는 몸짓이었다. 그러나 그 모습을 보며 나는 목에 무언가 콱 걸린 것처럼 불편했다. 차라리 진우가 말도 안 되는 소리라고 펄펄 뛰면 좋을 텐데…….

"어유, 돈이 웬수지, 돈이 웬수야."

진우가 벌떡 일어나 맨손으로 샌드백을 두들겼다. 나는 온몸에서 기운이 다 빠져나가는 것 같았다.

'지금 나한테는 단돈 얼마라도 챙기는 게 더 중요한 걸까? 2차전 타이틀보다?'

체육관을 나섰을 때 평소보다 차가운 공기가 느껴졌다. 저녁 7시 반이지만 사방은 이미 어두웠다. 하늘을 올려다보았다. 검푸른 하늘에서 싸락눈이 힘없이 떨어졌다.

집에 가는 길에 엄마가 일하는 식당 앞을 지났다. 저녁 먹는 사람들과 이리저리 바삐 움직이는 서빙 아줌마들로 식당 안은 복잡했다. 그 틈바구니에 엄마가 보였다. 누군가 방금 먹고 나간 자리를 치우고 있었다. 엄마는 커다란 쟁반에 빈 그릇들을 가득 올리더니 일어섰다. 내 두 팔에 엄마가 든 쟁반의 무게가 느껴졌다.

'저러니까 맨날 온몸이 쑤시지.'

엄마가 주방 쪽으로 사라지자 나는 다시 걷기 시작했다. 배에서 꼬르륵 소리가 났지만 아무 것도 먹고 싶지 않았다. 점퍼에 달린 모자를 뒤집어쓰고 거리를 둘러보았다. 눈이 내

려서일까? 조금 전까지 사람들로 넘쳐 나던 거리가 한산해
지기 시작했다.

큰길을 건너 초등학교 운동장으로 발길을 돌렸다. 불과 5
년 전까지 다녔던 곳인데 졸업한 지 백 년은 된 것 같았다.
운동장은 텅 비어 있었다. 검은 어둠이 들어찬 땅바닥에 하
얀 눈이 얇은 눈 잔디를 만들고 있었다.

내가 한 걸음, 한 걸음 옮길 때마다 발밑의 눈 잔디는 잠
시 없어졌다가 되살아났다. 마지막으로 운동장에 왔던 게 언
제일까? 아빠랑 함께였던 것 같다. 아빠와 나는 종종 해가
저물 무렵 운동장에 나왔다. 아빠는 달리기를 하고 나는 자
전거를 탔다. 맞아, 아빠한테 자전거를 배운 곳도 이곳이었
지. 내가 페달을 밟으면 아빠가 뒤에서 자전거를 잡아 주었
다.

'겁내지 마, 우리 딸! 뒤에서 아빠가 꼭 잡고 있을 테니까.'

나는 안심하고 달릴 수 있었다. 그러다가 어느 순간 뒤를
돌아다보니 아빠는 저만치 서서 씩 웃고 있었다. 나는 그날
부터 자전거를 혼자서도 탈 수 있게 되었다.

'은경아, 아빠 열 바퀴 돈다.'

'응, 내가 셀게. 시이이작!'

나는 눈을 헤치고 달리기 시작했다. 눈 잔디 위에 내 발자

국이 빠르게 새겨졌다. 모자가 벗겨져서 머리 뒤에서 털럭거렸다. 내가 달려간 곳마다 검은 발자국이 생겨났고 다시 그 자리를 돌 때쯤이면 다시 엷게 눈이 깔려 있었다. 한 바퀴, 두 바퀴, ……여섯 바퀴, 일곱 바퀴. 차가운 눈이 머리 위로, 이마 위로, 입속으로 떨어졌다.

내가 복싱을 배우고 있다는 사실을 알았을 때 아빠는 놀란 눈치였다. 다이어트를 위해서 체육관을 다니는 걸로만 알았기 때문이다. 엄마는 계집애가 뭔 놈의 권투냐고 구시렁댔지만 아빠는 굳이 반대하지 않았다. 오히려 누군가에게 딸이 권투를 한다고 이야기할 때는 입가에 뭔지 모를 만족감까지 맴도는 것 같았다. 한 발자국 내디딜 때마다 아빠 입가에 맴돌던 희미한 미소를 기억해 내려고 애썼다. 이제는 눈앞에서 자꾸만 흐려져 가는 그 미소를.

일곱 바퀴를 돌고 나는 천천히 걸음을 멈추었다. 숨이 차기도 했지만 앞을 막는 눈 때문에 어지러웠다. 싸락눈이 머리카락과 옷에 엉겨 붙었지만 춥지 않았다. 오히려 달리고 난 뒤 몸에서 나오는 열기로 후끈거렸다. 숨을 크게 내쉴 때마다 더운 입김이 나와 차가운 눈송이와 부딪쳤다.

아빠는 대답이 없었다. 일곱 바퀴나 돌 동안 아빠는 어떻게 해야 할지 가르쳐 주지 않았다. 나는 얼굴과 머리카락에 붙은 눈을 털었다. 모자 속으로 들어간 눈도 털어 냈다. 그러고는 운동장 위에 어지럽게 찍힌 내 발자국을 뒤로 하고 운동장을 빠져 나왔다.

집으로 돌아와 나는 김홍철 선수가 준 명함을 꺼냈다. 그리고 휴대폰을 들고 번호를 눌렀다.

마지막 라운드가 시작되었다. 한유리와 다시 마주 섰다. 한유리와 나 사이에 있었던 거래를 모르는 관장님은 링 밑에서 간절한 눈빛으로 나를 쳐다보고 있었다.

'은경아, 포기하지 말고 버텨!'

나는 그 눈길을 외면했다. 엄마는 관중석 맨 앞자리에 앉아 두 손을 모으고 있었다. 엄마는 뭐라고 기도하는 걸까? 내가 이기게 해 달라고? 아니면 이 경기를 마지막으로 복싱을 그만두게 해 달라고?

주심의 신호가 떨어지자마자 한유리가 오른쪽 주먹을 급히 내질렀다. 이제 마지막 매듭을 지으려고 마음먹은 듯했다. 오른쪽 주먹에 이어 왼쪽 주먹이 들어왔다. 미처 피하지 못하고 왼쪽 눈두덩이에 맞았다. 아까 맞은 부분을 또 맞은 탓인지 심하게 욱신거렸다.

"한 방 꽂아!"

링 밑에서 관장님이 외쳤다. 이대로 이번 라운드를 끝내면 나와 그들과의 거래는 무리 없이 마무리된다.

'마음 바꾸면 안 된다.'

수화기 너머로 들리던 김홍철 선수의 목소리가 무겁게 내 심장을 옥죄었다. 하지만 나는 마음이 흔들렸다. 이래도 되는 걸까? 이게 정말 내가 원하는 걸까?

한유리가 다시 원투 스트레이트로 파고들었다. 나는 왼쪽 주먹과 어깨로 공격을 막아 내며 오른쪽 훅을 날렸다. 내 주먹이 그녀의 헤드기어에 부딪치자 한유리는 화들짝 놀라며 뒷걸음질 쳤다. 단 한 번의 안면 공격으로 그녀의 눈빛이 다시 흔들리기 시작했다.

'양 선수, 나랑 약속한 거다.'

김홍철 선수의 목소리가 보이지 않는 끈이 되어 내 팔을 잡아당겼다. 움찔 물러서려는 찰나 등 뒤에서 아빠 목소리가 들리는 것 같았다.

'겁내지 마, 우리 딸! 뒤에서 아빠가 보고 있을 테니까.'

가슴속에서 뜨거운 무언가가 솟아올랐다.

'하지만 아빠, 나 넘어지면 어떡해?'

"할 수 있어. 보여 줘!"

'아빠······?'

아니, 관장님의 목소리가 귓가에서 울렸다.

"포기하지 마. 양은경! 우리에게 포기란 없잖아! 할 수 있어!"

관장님이 다시 소리쳤다.

'정말 내가 해낼 수 있을까? 정말?'

갑자기 마음속에서 단단한 둑 같은 것이 무너진 것 같았다. 그리고 하얀 싸락눈이 한꺼번에 몰려와 내 마음을 씻어 내는 것 같았다.

'그래, 이렇게 끝낼 수 없어.'

한유리가 왼쪽 주먹으로 얼굴을 막은 채 뒷걸음질했다. 나는 한 걸음, 두 걸음 앞으로 나아갔고 그녀는 그만큼 물러섰다. 어느새 나는 한유리를 코너로 몰았다. 하지만 그녀도 마냥 피하지만은 않았다. 마지막 힘을 쥐어짜듯이 두 주먹을 앙칼지게 휘둘렀다. 나는 힘을 실어 오른쪽 훅을 날렸다. 헤드기어 왼쪽 아래를 정통으로 맞은 한유리가 휘청거렸다. 나는 머뭇거리지 않고 연타를 날렸다. 관중석에서 아아 하고 함성이 일었다.

주심이 나를 한유리로부터 떼어 냈다. 나는 스텝을 밟으며 링 중앙에 섰다. 주심이 경기를 재개시켰다.

'아빠! 엄마! 포기하지 않을래. 지켜봐 줘.'

환한 불빛 아래 나를 기다리고 있는 두 개의 붉은 주먹이 보였다. 나는 그 주먹을 향해 힘껏 뛰어들었다.

음성 메시지가
있습니다

푸르르르르르르. 투르르르르르르.

검푸른 어둠 속에서 풀벌레 소리가 들려왔다. 허리까지 차오른 수풀이 풀벌레 소리에 맞춰 불안하게 설렁이고 있다. 한 발짝, 한 발짝 움직일 때마다 그 소리는 조금씩 더 커지는 것 같았다. 아니, 분명히 더 커지고 있었다. 마치 나를 포위하듯 울려 퍼지는 풀벌레의 전투적인 합창. 어디선가 발소리가 들린다. 여러 명이 급히 움직이는 불길한 신호였다.

탕!

바로 등 뒤에서 총소리가 들렸다. 몇 개의 어두운 형체가 어지럽게 나타났다 사라졌다. 다, 다굴이다! 나도 그들을 향해 조준했다.

탕탕!

그들의 급박한 발소리가 내 심장을 더욱 조여 왔다.

탕! 탕탕탕!

'피……'

총에 맞았다. 붉은 피가 보였다. 냄새가 날 리 없는데도 나는 피를 볼 때마다 비린내를 느꼈다. 붉은 피가 점점이 번져 갔다. 나는 역겨운 비린내라도 맡은 듯 얼굴을 일그러뜨렸다. 다굴에 걸리다니. 우리 편은 다 어디로 간 거지? 누가 나를 일부러 함정에 빠뜨린 것은 아닐까?

갑자기 경쾌한 음악 소리가 멀지 않은 곳에서 들려왔다. 이건 또 무슨 소리? 나는 모니터에서 눈을 떼고 주변을 바라보았다. 어둠 속에서 나를 향한 따가운 시선이 느껴졌다. 귀에서 뜯어내듯이 급히 이어폰을 뺐다.

경쾌하고 발랄하다 못해 방정맞은 멜로디가 금연석 36번, 내 좌석 아래 가방 속에서 우렁차게 울리고 있었다.

'아차, 공원에서 주운 휴대폰!'

나는 급히 가방을 뒤졌다. 가방 밑바닥에서 휴대폰을 꺼내 우는 아이의 입을 틀어막듯이 종료 버튼을 눌렀다. 아까 장난 삼아 가방에 넣었는데 그만 까맣게 잊어버리고 있었다.

총에 맞은 충격도 가시지 않는데 방정맞은 벨 소리까지

사람을 놀래키다니. 등에 식은땀이 느껴졌다. 그나저나 경호, 이 녀석은 왜 이렇게 안 오는 거야? 나는 의자에서 일어나 피시방 휴게실로 향했다.

오늘은 수업 대신 봉사 활동을 하는 날이었다. 2학년 아이들 전체가 학교에서 세 정거장쯤 떨어진 한터공원에 모였다. 중간고사가 끝난 직후라 한터공원은 우리 학교 외에도 여러 학교에서 온 아이들로 붐볐다. 봉사 활동이라고 해 봤자 공원 여기저기 떨어져 있는 쓰레기를 줍는 것이 다였다. 어떤 아이들은 자신이 먹은 과자 쓰레기를 버리고 다시 주운 다음에 봉사 활동을 마쳤다며 키득거렸다.

공원 탐색이 시시해질 무렵 나는 공원 화장실 뒤편에 있는 정자를 발견했다. 정자 안에는 대여섯 명의 아이들이 서 있었다. 처음 보는 낯선 교복이었다. 그런데 정자 안 분위기가 심상치 않았다.

나를 따라온 경호가 뭐하냐는 눈짓을 했다. 나는 경호에게 낮게 속삭였다.

"좀 이상해."

우리는 화장실 모퉁이에 어정쩡하게 서서 그들을 바라보았다. 정자 지붕 때문에 그늘이 져서 얼굴이 잘 보이지 않았지만 겁에 질린 한 아이를 다른 아이들이 한꺼번에 몰아붙이고 있다는 걸 알 수 있었다.

패거리 중 하나가 구석에 몰려 있는 아이의 가방을 빼앗아 뒤지기 시작했다. 가방에 있는 물건들이 몽땅 정자 밖으로 던져졌다. 다른 아이들이 그 모습을 보며 낄낄거렸다. 이번에는 또 다른 아이가 구석에 몰린 아이의 주머니를 뒤지기 시작했다. 주머니에서 뭔가 나온 모양이었다. 그제야 패거리들은 키득거리며 정자를 빠져나갔다.

그 아이들이 화장실 반대편의 공원 뒷문 쪽으로 사라지자 구석에 있던 아이가 천천히 가방을 들고 정자에서 나왔다. 그리고 떨어진 물건들을 주섬주섬 줍더니 주변을 대충 둘러보고 황급히 사라졌다.

'그 애가 뭘 빼앗겼을까?' 하고 생각하는데, 정자 밑 잔디에서 반짝거리는 것이 보였다. 나는 그곳으로 다가갔다. 휴대폰이었다.

"그냥 두고 가자. 잃어버린 줄 알면 찾으러 올 거야."

경호가 말렸지만 나는 듣지 않았다. 기어코 내 가방 속에 넣어 가지고 왔다. 그러고는 전화벨 소리가 울려 댈 때까지 까맣게 잊고 있었다.

내일 학교에 가져가 애들한테 보여 주면 반응이 뜨거울 것이 분명했다. 아이들은 가끔 훔친 물건을 가져와 다른 아이들한테 나눠 주면서 무용담을 펼쳤다. 비싼 물건도 아니고 필요한 물건도 아니었지만 금지된 행동을 했다는 것 하나만으로 단박에 영웅이 되었다. 나도 내일 이걸 가지고 가서 생생한 목격담을 이야기할 생각이다. 일명 '한터공원 휴대폰 습득 사건'이라고…….

휴게실의 낮은 칸막이 너머로 지하 피시방의 출입문이 열리는 것이 보였다. 동시에 문에 달린 종이 딸랑거렸다. 경호의 얼굴이 칸막이 위에 둥둥 떴다. 경호에게 컵라면을 사 오라는 손짓을 했다.

경호가 뜨거운 물을 부은 컵라면 두 개를 들고 휴게실로 들어왔다. 컵라면을 탁자에 내려놓으며 비밀 이야기라도 하듯 조심스럽게 물었다.

"휴대폰 아직도 가지고 있어?"

"응, 가방에 있어."

휴대폰 생각을 하니 입꼬리가 절로 올라갔다. 내일의 영웅은 바로 나, 정진수다.

"어쩌려고?"

"그냥……. 재밌잖아?"

"야, '재미'가 사람 잡는 거 몰라?"

경호의 대답에 기어 올라갔던 입꼬리가 내려오지 못하고

굳었다. 재미로 그랬다는 말. 예전에도 한 적이 있다. 그 녀석, 윤 때문이었다. 윤……. 이름이 뭐였더라. 정확히 생각이 나지 않는다.

그냥 재미로 한 것입니다. 괴롭히려는 의도는 없었습니다.

반성문에 쓸 말은 그것밖에 없었다. 그냥 재미로 그랬다고.

"나, 어제 그 애 소식 들었어."

"누…… 구?"

나는 짐짓 태연하게 물었다. 경호는 내 질문을 무시한 채 말을 이었다.

"전학 간 학교에서 잘 지내지 못하나 봐. 여기 애들이 그쪽 애들한테 다 퍼뜨렸대."

꽤 거리가 있는 곳으로 간 줄 알았는데 왜 거기까지 소문이 퍼진 걸까. 나는 속으로 윤을 원망했다. 더 멀리, 아주 멀리 가지 그랬어. 어떤 소문도 쫓아가지 못하는 곳으로…….

"3분 지났네. 먹자."

경호가 서둘러 컵라면의 뚜껑을 벗겼다. 나도 뚜껑을 벗기고 허겁지겁 라면 줄기를 입안으로 그러넣었다.

* * *

여기저기 생채기가 있는 구형 휴대폰이었다. 전원을 켰다. 받지 않은 전화 8통. 전원을 꺼 놓기를 잘했다. 뭐하는 녀석인지 저장된 사진 한 장 없었다. 문자도 모두 스팸뿐이었다. 휴대폰 메뉴에 들어가 이것저것 기능을 살펴보는데 갑자기 휴대폰이 울렸다. 거실에서 TV를 보고 있는 엄마에게 들릴까 봐 조마조마했다. 나는 재빠르게 통화 버튼을 누르고 조그맣게 '여보세요'라고 속삭였다. 수화기 저편에서 여자의 다급한 목소리가 들려왔다.

"민기니?"

민기? 아까 그 남자애 이름인가? 어떻게 해야 할지 난감했다. 나는 손으로 입 주변을 동그랗게 감싸고 이야기했다.

"아…… 닌…… 데요."

"그럼 누구니?"

"……."

"친구니? 민기 좀 바꿔라."

"저……, 모, 모르는 사람인데요."

내가 생각해도 황당한 대답이 내 입에서 나왔다.

"뭐라고? 모르는 데 어떻게 민기 휴대폰을 갖고 있니? 민기 어딨니? 혹시 거짓말하는 거 아냐?"

"정말이에요. 몰라요."

"참 나……, 민기 보고 엄마한테 전화하라고 전해 줘. 꼭 좀 전……."

나는 전화를 끊어 버렸다. 그리고 종료 버튼을 꾹 눌러 휴대폰을 꺼 버렸다.

이 휴대폰의 주인이 민기인가 보다. 아까 공원에서 다른 아이들에게 괴롭힘을 당하던 그 애 모습이 떠올랐다. 엄마가 전화한 것을 보니 집에 아직 안 들어간 모양이고.

시계를 보니 10시가 넘었다. 갑자기 그 아이가 왜 아직 집에 안 들어갔는지 궁금해졌다. 설마 지금 또 무슨 일을 당하고 있는 건 아니겠지?

나는 책상 서랍 속에 휴대폰을 밀어 넣었다. 정자 안에서 아이들에게 둘러싸여 있던 그 아이 모습 위로 또 한 명의 아이가 겹쳐졌다. 윤이었다. 겁에 질린 윤의 눈동자가 나를 바라보고 있었다.

'전학 간 학교에서 잘 지내지 못하나 봐. 여기 애들이 그쪽 애들한테 다 퍼뜨렸대.'

학교 화장실이었다. 그 애의 머리카락은 푹 젖어 있었다. 자신을 둘러싼 아이들을 두려움에 가득 찬 얼굴로 바라보던 모습, 그리고 나를 바라보던 눈빛……. 그 눈빛이 내게 뭐라고 말하는 것처럼 느껴졌다. 나는 괜히 화가 났다. 그리고 가슴 한편이 서늘했다. 피시방에서 경호가 한 말이 떠올랐다.

윤은 어렸을 적부터 알던 사이였다. 그 애의 집은 우리 집 맞은편 동이었다. 우리 아파트 단지에 사는 아이들은 모두 같은 학교로 진학한다. 그래서 누가 어느 동에 살고 누가 누구와 같은 반인지 빤히 알 정도다. 올 초 2학년이 되어 학급을 배정받고 교실에서 그 애를 발견했을 때도 아무런 느낌이 없었다. 특별히 반갑지도, 특별히 불편하지도 않았다.

초등학교 때는 그 애와 함께 축구도 하고 놀이터에서도 많이 어울렸다. 하지만 어느 순간부터 나는 그 애와 말을 하지 않았다. 엄밀히 말하면 나는 그 애를 신경 쓸 필요가 없었다. 나뿐 아니라 아무도 그 애에게 관심을 갖지 않았다. 그 애는 점점 그림자가 되어 갔다. 말도 없고 웃음도 없고 표정도 없는 그림자…….

그림자와 놀면 그림자가 된다. 그래서 아무도 그림자와 놀지 않았다. 일부러 그런 것은 아니었다. 나뿐 아니라 모두가 마찬가지였다. 그냥 그것이 아이들 사이의 규칙이었다. 학교에 들어갈 때 운동화를 실내화로 갈아 신듯이.

윤이 그냥 그림자에 머물렀더라면 일이 커지지는 않았을 것이다. 문제가 생긴 건 그림자가 밀고자가 되었을 때였다. 그림자에게는 아무도 말을 걸지 않지만 밀고자에게는 말을 걸었다. 정확히 말하면 시비를 걸었다.

5월답지 않게 유난히 더웠던 날이다. 후덥지근한 교실 공기와 지루하기 짝이 없는 선생님의 목소리에 우리들의 신경줄은 녹아 버릴 것 같았다. 그날 학급에서 도난 사건이 있었다. 은수라는 여자아이의 지갑이 없어진 것이다.

나는 범인이 누구인지 알고 있었다. 내가 속한 패거리 중의 한 아이였다. 우리는 비밀을 단단히 지키기로 약속했다. 그러나 비밀은 지켜지지 않았다. 우리 패거리 말고 다른 아이들이 도난 사건의 범인을 알게 되었고 결국 담임에게까지 알려졌다. 범인으로 지목된 아이는 담임과 면담을 했고 벌점을 받았다. 일이 그렇게 끝났으면 다행인데 그렇지 못했다. 지목된 아이는 자신을 지목한 아이, 밀고자를 찾기 시작했다.

"네가 말했어?"

"내가 미쳤어? 그 돈으로 나도 먹었는데. 네가 나한테 말할 때 들은 애 없어?"

"들은 애? 글쎄, 주변에 아무도 없었던 것 같은데……."

"혹시 쟤가 들은 거 아니야?"

"쟤? 그림자?"

그제야 아이들은 그림자를 하나의 인간으로 의식하기 시작했다. 그림자가 밀고자가 되는 시간은 그리 길지 않았다. 그들은 곧 밀고자를 단죄하기 시작했다.

나는 눈을 질끈 감았다. 푹. 손을 뻗어 베개를 잡아 얼굴 위에 덮었다. 더 이상 생각하기 싫었다. 더 이상……

* * *

이마에 시멘트 벽의 차갑고 거친 알갱이가 느껴졌다. 코끝에 시멘트 냄새가 훅 끼쳤다. 숨을 죽이고 벽 건너편의 움직임에 신경을 곤두세웠다. 무언가 움직이는 기척이라도 있으면 바로 공격해야 한다. 온몸의 근육에 긴장을 불어넣는 순간 갑자기 어제의 상처가 쓰라렸다. 으음, 나도 모르게 신음이 흘러나왔다.

그때 벽 건너편으로 그림자가 어른거렸다. 나는 재빨리 공격했다. 탕! 그리고 한두 발짝 떼었을까. 또 다른 그림자가 보였다. 다시 공격, 탕! 이번에는 새로운 문이 나타났다, 발로 힘껏 차고 계단을 올라간다. 그리고 다시 공격.

그림자가 보이면 공격하고 새로운 문이 나타나면 부수고. 마치 기계처럼 무조건 앞으로 나아가다 문득 의문이 든다. 지금 몇 층이나 올라온 거지? 왜 올라가는 거지? 몸은 움직이면서도 머릿속은 자꾸만 묻고 있다. 왜 올라가는 거냐고? 아, 맞아! 인질, 인질을 구해야지. 맨 처음에 미션을 받았지. 건물 꼭대기 마지막 방에 있는 인질을 구하라!

또다시 기계처럼 돌진한다. 쏘고, 차고, 올라가고, 쏘고, 차고, 올라가고. 드디어 마지막 방문이 나타났다. 그래 다 왔어. 방문을 힘껏 찼다. 방문이 열리는 순간 나는 온몸이 굳어 버렸다.

미션 실패. 인질은 이미 죽었다.

인질이 죽었다고? 누군데? 인질이 누군데? 두려움에 떠는 누군가의 얼굴이 내 시야에 가득 찼다. 어? 너는…… 윤? 윤이야?

윤이 겁에 질린 얼굴로 화장실 가운데 서 있다. 누군가 화장실 문을 막아섰다. 지갑을 훔친 아이가 윤 앞에 섰다. 그리고 윤의 어깨를 세게 밀치며 물었다.

"네가 꼰질렀지?"

윤이 비틀거리다가 겨우 중심을 잡고 대답했다.

"아, 아니야."

한 아이가 수돗물을 틀었다. 콸콸콸콸. 조용한 화장실 안이 물소리로 가득 찼다. 그 아이는 작은 생수병에 물을 담기 시작했다. 물이 가득 찬 생수병을 들고 그 아이는 윤 앞으로 다가왔다.

"넌 벌을 받아야 해."

그 아이는 윤의 머리 위에 생수병을 들어 조금씩 물을 뿌리기 시작했다. 물이 윤의 머리카락을 타고 내려와 안경을 지나 턱으로 흘러내렸다. 교복 와이셔츠 안쪽으로 물이 흘러들어 갔다. 윤은 꼼짝도 못하고 서 있었다. 다른 아이들이 킥킥거리고 웃었다. 생수병이 어느새 텅 비었다.

드르륵드르륵. 누군가 화장실 문 옆에 매달려 있는 휴지를 풀었다.

"크크큭, 야, 닦아 주자. 닦아 줘."

아이들은 휴지로 윤의 얼굴과 옷을 닦기 시작했다. 그러자 윤의 얼굴에 물에 젖은 휴지가 붙어 너덜너덜거렸다. 그 모습을 보고 아이들은 더 크게 키득거렸다. 그리고 휴지를 풀어 윤의 몸에 빙빙 둘렀다. 휴지에 둘둘 말린 그 애는 마치 미라 같았다. 윤은 자신의 몸에 매달린 휴지를 떼어 버리려고 애썼다. 하지만 젖은 휴지들은 쉽게 떨어지지 않았다.

화장실 밖에서 인기척이 들렸다. 누군가 문을 열려고 하는지 덜컹거렸다. '뭐야. 왜 잠겼어?' 화장실 밖에 있는 아이들의 말소리가 들려왔다. 그리고 점심시간이 끝났음을 알리는 종소리가 울렸다.

"야, 너 각오해. 이걸로 끝났다고 생각하면 오산이야."

윤을 남겨 놓고 아이들이 하나둘 화장실을 빠져나갔다. 내가 마지막으로 빠져나가려는데 갑자기 화장실 문이 없어지고 시멘트 벽이 내 앞을 가로막았다.

어? 문이 어디로 갔지?

나는 당황했다. 다른 아이들은 전부 화장실을 빠져나갔는데 나만 빠져나가지 못하다니. 뒤에서 윤이 나를 노려보는 것 같았다.

이, 이게 어떻게 된 거야?

뒤도 돌아보지 못하고 시멘트 벽만 더듬는데 총에 맞았던 왼쪽 옆구리가 아프기 시작했다. 으윽……. 나는 아픔을 참지 못하고 몸을 웅크렸다. 웅크린 채 바닥을 뒹굴었다.

한참을 그러고 있었던 것 같다. 더 이상 배가 아프지도 않고 시멘트 벽 냄새도 나지 않았다. 나는 눈을 떴다. 내 방 창문이 보였다. 창문에 아파트 단지 안의 가로등 불빛이 비쳤다. 덥다. 온몸이 땀에 젖어 있었다. 이상한 꿈이었다. 모든 것이 짬뽕처럼 섞인 꿈.

살짝 열린 창문 틈으로 한 줄기 바람이 들어왔다. 창문을 활짝 열고 싶은데 몸이 움직이질 않는다. 아까 잠들기 전에 스탠드 불이 켜져 있었던 것 같은데 엄마가 끈 모양이었다.

시계를 보았다. 새벽 4시 반. 겨우 몸을 일으켜 창문을 활짝 열었다. 제법 서늘한 바람이 방 안으로 밀려 들어왔다. 나는 심호흡을 하고 침대에 누웠다. 윤의 얼굴이 또다시 떠올랐다. 그 얼굴이 쉽사리 지워지지 않았다.

* * *

담임의 종례가 끝났다. 아침에 넣어 가지고 온 휴대폰을 가방에서 꺼냈다. 손에 잡히는 감촉이 낯설었다. 그 후에 전화가 또 왔을까? 혹시나 하는 마음에 전원을 켰다.

전화가, 와 있었다. 어젯밤 내가 전원을 끈 이후로 스물한 통. 징그러울 정도로 많이 와 있었다. 그리고 음성 메시지가 두 개 있었다.

비밀번호를 입력해 주십시오.

비밀번호 모르는데……. 0을 네 번 눌렀다. 아니다. 뭐지? 숫자 네 자리가 이렇게 궁금한 적은 처음인 것 같다. 구형 휴대폰 비밀번호는 새로 고치지 않는 한 자기 번호 뒷자리 네 자릿수던데. 엄마 것도, 아빠 것도, 지금은 엄마가 압수했지만 예전의 내 휴대폰도 그랬다. 메뉴로 들어가 자기 번호 확인을 눌렀다. 끝자리가 7942. 7942를 눌렀다.

두 개의 음성 메시지가 있습니다.

찰칵, 신호음과 함께 음성 메시지가 흘러나왔다.

민기야, 어디니? 왜 집에 안 들어오니? 무슨 일 있니? 혹시 나쁜 일 있는 거 아니지? 저, 저기 말야. 무슨 일 있어도 엄마가 다 이해하니까 빨리 들어와. 와서 이야기해. 응? 민기야…….

어제 그 아줌마다. 나랑 통화할 때는 목소리가 앙칼지더니 메시지 속의 목소리는 다 죽어 갔다. 메시지가 녹음된 시각을 보니 새벽 3시 20분이었다. 민기라는 자식, 그 시간까지 안 들어갔나 보다.

아이들한테 '한터공원 휴대폰 습득 사건'을 떠벌리려던 시
도는 그 아줌마의 다 죽어 가는 목소리 때문에 어그러졌다.
음성 메시지를 듣고 난 후 다른 아이들에게 휴대폰을 보여
주고 싶은 마음이 사라진 것이다.

왠지 그 아줌마가 윤의 엄마처럼 생겼을 것 같았다. 아니,
그럴 리가 없어. 아무 상관도 없는 사람들인데……. 그럼에
도 자꾸만 귓가에 그 아줌마의 목소리가 웽웽거렸다. 그리고
빨개진 눈으로 나를 물끄러미 바라보던 윤의 엄마가 눈앞에
어른거렸다.

두 번째 음성 메시지가 귓속으로 흘러들어 왔다. 오늘 점
심시간쯤에 온 메시지였다.

새끼. 너 왜 오늘 학교 안 왔어? 니네 엄마 오늘 학교 왜 온 거
야? 씨발, 어디 숨은 거야! 너 입만 열어 봐. 알지?

메시지를 듣는 순간 그물 같은 것이 심장을 옥죄는 것 같
았다. 어제 한터공원에서 민기라는 아이를 위협하던 그 패거
리? 아니면 또 다른 누구? 내게 하는 소리가 아닌 것을 알면
서도 그 음성의 주인이 뒤에서 다가와 금방이라도 내 어깨를
움켜쥘 것만 같았다.

휴대폰 위치 추적이라도 해서 나를 찾아오면 어쩌지? 내 멱살을 잡고 민기 어디 있냐고 다그치면 어쩌지? 온갖 걱정이 꼬리에 꼬리를 물며 내 머리를 어지럽혔다. 차라리 휴대폰을 버려야겠다는 생각이 들었다. 길 가다가 아무 휴지통에나 넣어 버리면 나하고는 끝이다.

그러자니 왠지 민기라는 아이가 걸렸다. 널 찾으려고 벼르는 애들이 있으니까 조심하라고 경고해 줘야 하는 건 아닐까. 에이, 그건 내가 걱정할 문제가 아니야. 나랑 상관없다고. 내가 그 애 휴대폰을 가지고 온 거랑 그 애가 집에 안 들어간 거랑 아무 상관없는 일이잖아. 아, 그리고 내가 휴대폰을 그냥 주운 거지. 뭐 빼앗기라도 했나.

어떻게 할지 경호에게 물어볼까? 안 돼. 자식이 또 왜 자기 말을 안 들었냐며 거들먹거릴 게 분명하다. 그럼 엄마에게? 아니, 절대 안 된다. 5월에 있었던 사건 이후로 이제야 겨우 엄마의 감시망에서 벗어나는 중인데 다시 기어 들어갈 수는 없는 노릇이다. 새카맣게 탄 냄비를 바라보는 표정으로 나를 보던 엄마의 얼굴이 생각난다.

"정말이야?"

"……"

"내 아들이 그런 짓을 할 줄 몰랐다. 모르는 아이도 아니고. 다른 아이들이 그러면 너라도 나서서 감싸 줘야지. 어떻게 똑같이 그런 짓을 하니?"

지난 5월, 학교폭력자치위원회에 출석하라는 통보를 받고 엄마는 충격을 받았다. 뛰어나지는 못해도 그만하면 착한 아들이라 믿었던 나에게 발등을 찍혔다는 것이다. 그러더니 남의 일에 미주알고주알 참견하기 좋아하는 오지랖 여사가 사흘 동안 집밖에 나가지도 않고 안절부절못했다. 그리고 걸핏하면 두 손으로 내 손을 꼭 감싸 쥐고 이런저런 훈계를 했다. 말을 하다 엄마는 울먹이기도 하고 손을 너무 꼭 쥐어 내 손에 손톱자국을 내기도 했다.

나는 오른손을 꽉 쥐었다. 네 개의 손톱이 손바닥을 파고들었다. 그때 누군가의 손이 책상 위에 놓인 휴대폰을 덥석 집어 들었다.

"너, 휴대폰 생겼어?"

언제 왔는지 옆 반 태진이가 옆에 서 있었다. 태진이는 원래 우리 반이었는데 윤과의 사건 이후 다른 반으로 옮겨 갔다. 덩치가 큰 태진이는 머리까지 덥수룩하게 길러 나이가 더 들어 보였다.

"내 거 아냐."

나는 태진이 손에서 휴대폰을 낚아채 가방에 넣었다. 태진이랑 말씨름할 시간이 없다. 벌떡 일어나 교실 문을 나서는데 태진이가 따라왔다.

"야, 어디가? 농구 안 해?"

못 들은 척하고 급히 발걸음을 옮겼다. 태진이는 집요하게 쫓아왔다.

"어디 가는데? 그 휴대폰 훔친 거냐?"

"……."

"새끼, 훔친 거구나."

태진이가 다 안다는 듯이 느물거리며 말했다.

"훔친 거 아니고 주운 거야."

"주워? 어디서?"

"몰라도 돼."

"팔게?"

내가 대답을 하지 않자 태진이가 내 어깨를 제 팔꿈치로 툭 치며 이야기를 계속했다. 무언가 하고 싶은 이야기가 입 안에서 간질간질한 것 같았다.

"너, 그 이야기 들었어?"

"뭐?"

"밀고자 자식 말야. 그 자식 전학 간 학교에서도 왕따래."

"……."

"정말 대단하지 않냐?"

"뭐가?"

"뭐긴 뭐야? 우리의 파워 말야. 내가 아는 애가 그 학교에 다니거든. 내가 걔한테 정보 좀 줬지. 그랬더니 바로 쫙 퍼지네. 전학 간다고 별 수 있어? 한번 밀고자는 영원한 밀고자! 우리가 걔 때문에 얼마나 귀찮았냐?"

태진이는 자신의 능력에 새삼 감탄한다는 듯 어깨를 으쓱했다. 늘 보던 표정, 늘 보던 몸짓인데 이상했다. 태진이 얼굴을 한 대 쳐 주고 싶었다. 침을 한 번 꿀꺽 삼켰다.

"걔가 밀고자인지 아닌지는 확실하지 않잖아."

"그게 뭐가 중요해? 우리의 단결력과 정보력, 또 뭐 있지? 아무튼 그런 게 대단하다는 거지."

평소 같으면 태진이의 허세에 같이 웃었을 텐데 웃음이 나오지 않았다.

"대단하긴 개뿔……."

"야, 너 왜 갑자기 헛소리야? 우리의 맹세 잊었어?"

태진이의 얼굴에서 웃음기가 사라졌다. 불만에 가득 찬 눈빛으로 나를 노려보며 입가 근육을 실룩였다.

"너, 걔랑 놀더니 이상한 소리 한다?"

"걔?"

"그래, 걔."

경호를 말하는 것 같다. 태진이는 내가 경호와 함께 노는 것을 못마땅해했다. 학교폭력자치위원회가 열린 후 우리 5인방은 흩어졌다. 그나마 폭력 가담 수위가 낮았던 내가 반에 남았고 나머지 아이들은 다른 반으로 옮겼다. 그리고 윤은 전학을 갔다. 윤의 선택이라고 들었다.

다른 반으로 뿔뿔이 흩어졌지만 나를 뺀 나머지 아이들은 끈끈하게 뭉쳐 다녔다. 나도 처음에는 따라다녔지만 점점 그 아이들과 함께하는 시간이 줄었다. 대신 경호와 함께 다니는 시간이 늘었다.

"너 요즘 맘에 안 들어. 나만 느끼는 게 아니라 다른 애들도 느끼는 거야."

태진이가 갑자기 걸음을 멈추고 나를 막아섰다.

"농구장으로 가자. 애들이 너 기다리고 있어."

"안 돼."

"왜?"

"할 일이 있어. 급해."

나는 태진이를 밀치고 뛰기 시작했다.

"야! 너 가만 안 둬. 공원 농구장으로 와."

태진이의 성난 목소리가 뒤통수에 꽂혔다.

공원 농구장은 내가 사는 아파트 옆의 작은 공원에 딸린 농구장을 말한다. 우리는 단지 농구를 하기 위해서 만날 때는 학교 농구장에서 만났고, 농구 외에 무언가 다른 일을 할 때는 공원 농구장에서 만났다.

원래 그 공원은 야트막한 동산이었다. 동네 아줌마들이 하는 이야기로는 그 동산 때문에 우리 아파트가 이렇게 다닥다닥 지어졌다고 했다. 예전에는 사람들이 지나다니는 길 정도만 있었는데 몇 년 전, 운동 기구들이 설치되고 조그만 배드민턴장과 농구대도 생기면서 공원이라고 불리기 시작했다. 공원 옆길은 아파트 뒷문으로 이어졌기 때문에 아파트에 사는 사람들은 그 길을 많이 이용했다. 나와 윤도 마찬가지였다. 어차피 집에 가려면 그 앞을 지나야 한다. 태진이랑 아이들이 그때까지 기다리고 있다면 어쩔 수 없이 맞닥뜨려야 한다.

교문을 빠져나오자 길 건너편에 있는 휴지통이 눈에 띄었다. 하지만 학교 앞 길가는 사람들이 너무 많았다. 사람이 뜸한 곳에 가서 버려야겠다는 생각이 들었다. 일단 나는 걸었다. 십여 분쯤 걷다 보니 놀이터가 보였다. 저기에다 두고 오면 되겠다 싶어 놀이터로 향하는데 문자가 왔다는 알람이 울렸다. 나는 휴대폰을 꺼내 문자를 확인했다.

전화도 씹고 연락도 안 해? 너 지금 맞장 뜨겠다 이 말이지? 어제 거기로 나와. 아주 발라 버릴 테니까.

아, 어떡하나. 민기라는 애, 얘들한테 걸리면 그때는 어제처럼 가볍게 끝나지 않을 것 같다. 어제 그 장소라면 한터공원을 말하는 것일 텐데, 설마 이런 문자를 보낸 것도 모르고 휴대폰을 찾으러 거기에 가지는 않겠지? 휴대폰을 놀이터에 두고 가야겠다는 생각이 들면서도 한편으로 마음이 편치 않았다.

나는 놀이터 안을 둘러보았다. 일고여덟 살 되어 보이는 아이들 셋이 그네를 타고 있고 더 깊숙이 자리 잡은 미끄럼틀에서는 어떤 아줌마가 꼬마 아이와 놀아 주고 있었다. 그들 외에 다른 사람은 눈에 띄지 않았다. 나는 벤치에 가서 앉았다. 그리고 살며시 휴대폰을 꺼냈다.

'그래, 여기 두고 가자.'

나는 벤치 위에 휴대폰을 내려놓았다. 누군가 앉아 있다가 깜빡 잊고 두고 간 것처럼 보이겠지. 그런데 쉽게 자리에서 일어나지지 않았다. 하룻밤 사이 이 휴대폰이랑 정이 든 것도 아닐 텐데⋯⋯.

나는 우두커니 앉아 그네를 타는 아이들을 바라보았다. 아이들이 부럽다는 생각이 들었다. 쟤들은 고민도 없고 걱정도 없고 스트레스도 없겠지? 시월의 햇살이 그네와 벤치에 비껴서 떨어지고 있었다. 그날도 딱 이런 느낌이었다. 아파트 뒷문으로 들어가는 길에 공원의 무성한 나무 그림자가 비스듬히 떨어지던 날.

우리 5인방은 이미 작전을 짜 놓았다. 윤이 집에 올 때쯤 길목에서 기다리고 있다가 그 애를 잡자는 계획이었다. 길목에서 바로 잡아채어 공원으로 끌고 올라가면 사람들의 눈에 띄지 않을 거라는 계산이었다. 나는 그날 아이들을 따라 공원에 갔다가 배가 아프다는 핑계를 대며 빠져나왔다.

거짓으로 아픈 척한 것은 아니었다. 진짜로 아팠다. 화장실 사건이 있은 후, 남은 수업 시간 내내 배 한쪽이 결리는 것 같더니 공원까지 가는 동안 점점 심해졌다. 공원에 도착했을 때 얼굴은 허옇게 뜨고 식은땀까지 흘렸다. 아이들도 평소와는 다른 내 얼굴을 보더니 별말 않고 보내 줬다.

급히 공원에서 내려가는데 저만치에서 땅만 보며 터덕터덕 걸어오는 윤이 보였다. 헝클어진 머리, 아직도 젖어 있는 바짓단과 교복 와이셔츠, 누군가 건드리기라도 할까 봐 잔뜩 웅크린 어깨. 평소의 단정하고 깨끗한 매무새와는 너무도 달랐다. 화장실에서 있었던 일의 충격이 아직 가시지 않은 모습이었다.

윤은 몇 걸음 앞에 누군가 서 있다는 것을 알고 흘낏 쳐다보았다. 나는 그 애 쪽으로 몇 걸음 다가갔다. 윤은 내가 자기 방향으로 걸어오는 것을 발견하고 잠시 머뭇거리더니 다시 걷기 시작했다. 나는 윤을 붙잡고 말해 주고 싶었다.

'너, 그 길로 가지 마.'

내가 망설이는 사이 윤과 나의 거리는 점점 가까워지고 있었다.

'너, 그 길로 가지 마. 애들이 널 기다리고 있어. 너를 저 위로 끌고 갈 거야. 아까보다 더한 일이 일어날 것 같아. 그러니까 가지 마.'

하지만 윤이 내 곁을 그대로 지나갈 때까지 나는 아무 말도 하지 않았다. 아니 하지 못했다. 그렇게 몇 걸음을 지나쳐서 가는데 갑자기 뒤에서 윤이 부르는 소리가 들렸다.

"진수야."

나는 돌이 된 듯 그 자리에 멈췄다. 뒤돌아봐야 하는데 몸이 움직이지 않았다. 그 애 얼굴을 마주할 용기가 나지 않았다.

"진수야, 나 일러바친 적 없어. 너, 나 알잖아. 나 그런 애 아니라는 거. 내가 아무리 말해도 소용없으니까 네가 말 좀 해 줘. 네 말이라면 믿을 거야. 응?"

나는 잠시 그 자리에 서 있다가 천천히 몸을 돌렸다. 윤이 나를 바라보고 있었다. 마음속에서 하고 싶은 말이 요동쳤다.

'윤……, 윤재야, 그 길로 가지 마. 애들이 기다리고 있어.'

윤재. 그 애의 이름이 기억의 수면을 뚫고 떠올랐다. 그 이름을 기억해 내기가 왜 그리 어려웠을까. 이름이 생각나지 않은 게 아니라 잊고 싶었던 걸까.

공원 입구 쪽으로 아이들이 하나둘 내려오는 모습이 보였다. 윤이 오는 것을 본 모양이었다. 나는 급히 다시 몸을 돌렸다.

"가지 마, 진수야!"

뒤에서 윤이 나를 부르는 소리가 들렸다. 나는 돌아보지 않았다. 그러고는 집까지 쉬지 않고 달렸다.

그 후로 나는 윤을 보지 못했다. 그날 이후로 그 애는 학교에 나오지 않았다. 코뼈가 내려앉았다는 둥, 다리가 부러졌다는 둥, 아이들이 이런저런 소리를 했지만 떠도는 이야기였다. 나중에 엄마에게 들은 이야기로는 코피가 나고 여기저기 타박상을 입었지만 소문처럼 심각한 상황은 아니었다. 하지만 정신적인 충격이 커서 병원에 다니며 치료를 받아야 한다고 했다. 단지 그 사건만이 문제가 아니라 오랫동안 쌓인 스트레스와 울분이 겹쳐서 생긴 마음의 병이라고 했다.

*　*　*

햇빛이 조금 물러갔다. 그네를 타고 놀던 아이들이 어느새 시소를 타며 놀고 있었고 미끄럼틀에서 놀던 아줌마와 꼬마는 보이지 않았다. 이제 정말 일어서려는데 휴대폰이 울렸다. 휴대폰 화면에 '발신번호 제한'이라는 글자가 떠 있었다.

누구인지 궁금했지만 전화를 받을 용기가 나지 않았다. 아마 민기 엄마거나 민기를 쫓아다니는 무리든가 둘 중 하나겠지. 나는 시끄럽게 울리는 휴대폰을 그저 바라보기만 했다. 휴대폰은 몇 번 더 울리더니 더 이상 울리지 않았다. 그리고 음성 메시지가 왔다는 알람이 울렸다. 나는 비밀번호를 누르고 음성 메시지를 확인했다.

저는 그 휴대폰의 주인이에요. 제가 휴대폰을 잃어버렸거든요. 공중전화라 문자도 못 남기고 전화도 못 받아요. 그러니까 제발……, 제발 부탁이니까 한터공원에 갖다 놔 주세요. 한터공원

정자 밑, 아시죠? 휴대폰이 있던 자리……. 제가 지금 좀 힘든 상황이거든요. 한터공원에서 기다리고 있을게요. 제발 도와주세요.

　민기였다. 민기가 자신의 휴대폰을 찾고 있다. 휴대폰을 찾으러 한터공원에 가려고 한다. 갑자기 심장이 쿵쿵, 소리를 내며 뛰기 시작했다. 지금 한터공원에 간다고? 미친 거 아냐? 나는 휴대폰을 들고 일어섰다. 그리고 나도 모르게 중얼거렸다. 마치 민기에게 말하듯이.

　"멍청아, 거, 거기는 안 돼. 한터공원은 안 된다고. 널 괴롭혔던 애들이 기다리고 있어. 지금 거기 가면 그 애들한테 당한다고."

　하지만 그 아이들이 기다리고 있다는 것을 민기는 모를 것이다. 그 메시지를 본 사람은 나니까. 나는 마음이 급해졌다. 지금, 지금이라도 한터공원에 가야겠다.

　나는 뛰기 시작했다. 등 뒤에서 가방이 출렁거렸다. 민기한테 나를 누구라고 설명해야 할지 잠시 고민이 되었다. 에이 모르겠다, 언제는 깊이 생각했나. 지금은 그게 중요한 게 아니니까. 민기의 휴대폰을 교복 안주머니에 넣었다. 햇볕에 데워져 따스해진 휴대폰이 가슴 한편에서 같이 뛰기 시작했다.

너의 우산 속에서
우리는

셋

교실 창밖이 어두워진다 싶더니 하늘 저쪽에서 번개가 내리쳤다. 창문틀에 걸터앉아 하늘의 변화를 진지하게 탐구 중이던 진아가 숫자를 세기 시작했다.

"1초, 2초, 3초, 4초……"

쿠르르르르쾅쾅. 진아가 5초를 세기 전에 온 세상을 뒤흔드는 듯한 뇌성이 울려 퍼졌다.

"꺄아아아악."

청소를 마치고 청소함을 정리하던 나와 선주는 놀라 손을 마주 잡으려다 덥석 부둥켜안았다. 그러고는 서로를 안은 채로 뒤뚱거리며 창문으로 다가갔다. 우리 입에서는 실실 웃음이 삐져나왔다. 무서운 건지 우스운 건지 딱 잘라 말할 수 없었다.

쏴아아아아.

창밖에서는 장대비가 무섭게 쏟아지고 있었다. 2층에서 내려다본 운동장은 성난 빗방울들의 집중 공격을 받는 중이었다.

"4 곱하기 340은 1360이니까 1360미터 떨어진 곳에서 번개가 쳤겠다."

진아가 중얼거리자 선주가 내 어깨를 감쌌던 팔을 풀어 이번에는 팔짱을 끼며 내게 물었다.

"쟤, 뭐래니?"

"몰라. 청소할 때는 공부하고 공부 시간에는 딴짓하고……."

진아는 우리 말에 아랑곳하지 않고 제가 하고 싶은 이야기를 계속했다.

"저쪽이 남쪽이지? 여기서 남쪽으로 1360미터 떨어진 곳에서 누군가 번개를 맞았을지도 몰라."

나는 창문에서 코를 떼며 물었다.

"거기가 어딘데?"

"모르지. 근데 너희 우산 있어?"

선주와 내가 동시에 고개를 저었다.

"어떡해? 비 그칠 때까지 기다릴 수도 없고."

진아가 창문에서 떨어져 나오며 말했다. 나는 청소함 옆에 있는 우산 통으로 시선을 옮겼다. 그 속에 우산 하나가 꽂혀 있었다.

"야아, 우산 있네. 누구 거지?"

아까 아이들이 하교할 때까지만 해도 비가 오지 않았다. 셋이 청소를 하는지 장난을 하는지 모르고 있다 보니 시간이 한참 지나 있었다. 웬만한 거리에 사는 아이들이라면 모두 집에 도착했을 시간이다.

나는 우산통으로 달려가 우산을 집어 쑥 뺐다. 손에 잡히는 느낌이 한참 동안 그곳에 꽂혀 있었던 물건 같았다. 연두색 장우산이었다. 나는 손잡이 위의 버튼을 눌렀다. 우산이 '착' 하고 퍼졌다.

"이거 쓰고 가자. 우리 셋이 딱 붙어서 가면 될 거……."

나는 말을 끝내기도 전에 우산을 바닥에 던지고 말았다.

"왜? 벌레 있어?"

선주가 놀란 얼굴로 물었다. 진아 역시 의아한 표정으로 나를 바라보았다. 나는 가까스로 입을 열어 대답했다.

"아니……, 가영이 거야."

우산을 펴는 순간 손잡이 위쪽에 매달린 이름표에서 '손가영'이라는 이름을 발견한 것이다. 진아가 다가와서 발로 우산을 건드렸다. 우산이 뒤집히며 교실 바닥 위에 이름표가 정면으로 누웠다.

손가영.

그 애 글씨로 쓰인 그 애의 이름이 또렷하게 드러났다.

"재수 없어."

선주가 나지막하게 내뱉었다.

"나, 차라리 비 맞고 갈래."

진아가 굳은 눈빛으로 창밖을 살피며 말했다. 여전히 비가 줄기차게 쏟아지고 있었다. 진아의 얼굴에서 단호함이 가라앉으면서 대신 근심 어린 표정이 떠올랐다.

우리는 고민에 빠졌다. 가영이의 우산을 쓰고 비를 피할 것인지, 아니면 우산을 쓰지 않고 비를 쫄딱 맞을 것인지. 선주가 내게 물었다.

"미진아, 네가 정해. 네 결정에 따를게. 너네 집이 제일 멀잖아. 이 날씨에 비 맞고 갔다가 감기 걸리면 어떡해."

"글쎄……."

내가 선뜻 대답을 못하자 창밖만 바라보던 진아가 입을 열었다.

"그래, 나 혼자면 비 맞고 가는데 니들 있으니까 쓰고 가지 뭐. 여기에 걔 귀신이라도 붙어 있겠냐? 내가 들고 갈게. 너희 나한테 딱 붙어."

진아는 마치 총대를 메고 전장에라도 나가듯이 비장한 표정이었다.

우산을 든 진아 양옆으로 나와 선주가 딱 달라붙었다. 우리는 한껏 몸을 밀착하고 앞으로 나아갔지만 빗줄기는 사정없이 세 사람의 어깨와 등과 다리에 떨어졌다. 운동장을 빠져나가기도 전에 운동화는 빗물로 철벅거렸고 늦가을 찬비에 젖은 팔다리는 오슬오슬 떨렸다.

가영이가 떠난 지 두 달이 지났다. 그동안 진아와 선주와 나는 서로를 다독거리고 위로했다. 일부러 우스꽝스러운 행동을 해서 상대방을 웃기기도 했다. 서로의 웃는 모습을 보며 그 위에 자신을 겹쳐 놓으려 했다. 그리고 이제 막 우리는 진짜로 웃기 시작했다.

"가영이 우산을 우리가 쓰고 갈 줄이야……."

선주가 먼저 입을 뗐다. 진아는 우산 손잡이를 다시 한 번 고쳐 잡았고 나는 선주가 비를 덜 맞도록 선주의 팔을 우산 안쪽으로 끌어당겼다.

손가영. 그 애 때문에 우리는 몇 번이나 입술을 깨물었을
까.

2학기가 시작되고 축제 준비로 학교 전체가 들뜬 분위기
였다. 진아, 선주, 나와 가영이를 포함해 일곱 명의 아이들
이 축제 연극에 사용할 세트와 소품 만들기를 맡았다. 3일
동안 수업이 끝난 후 과학실에서 연극 무대의 배경을 그렸는
데 나중에는 물감 냄새를 하도 맡아 어지러울 지경이었다.

축제 전날, 마지막 마무리를 위해 저녁을 먹은 후 늦게까
지 배경 색칠에 열중했다. 빈 곳 없이 얼추 완성되어 가고 있
을 무렵이었다. 진아가 과학실 문을 거칠게 열고 들어왔다.
30분 전부터 어디론가 사라져 보이지 않더니 어디를 갔다
온 걸까. 얼굴이 잔뜩 상기된 채였다.

"가영이 어딨어?"

진아의 목소리는 다급하면서도 무거웠다. 배경 색칠은 하
지 않고 과학실 한쪽에서 소품으로 만들어 놓은 가면만 만지
작거리던 가영이가 번쩍 고개를 들었다.

"나랑 얘기 좀 하자."

가영이의 얼굴에 불안한 기색이 비쳤다.

선주가 두 아이를 따라 나가며 내게 눈짓을 했다. 나도 슬

며시 일어섰다. 그 순간 나는, 그동안 우리 사이를 떠돌고만 있던 무언가가 마침내 우리에게 도착했다는 예감이 들었다.

복도는 어두컴컴했다. 나는 세 아이를 따라가며 휴대폰으로 시간을 확인했다. 9시 58분. 늦은 시간이었다. 복도 끝에 있는 화장실에서 불빛이 새어 나오고 있었다. 형광등 아래로 들어서자 비좁은 화장실이 꽉 찼다.

화장실 거울을 등지고 선 진아의 얼굴은 한 번도 본 적 없는 표정으로 일그러져 있었다. 붉게 충혈된 눈에는 눈물이 고여 있었고 입술 주변은 불규칙하게 떨렸다.

"참 나, 기가 막혀……, 어이없어……."

진아가 더 이상 말을 잇지 못하자 선주가 입을 열었다.

"무슨 일인데 그래?"

나는 곁눈질로 가영이의 얼굴을 살폈다. 하얀 얼굴이 더 창백해 보였다. 진아가 가영이에게 물었다.

"너, 너네 동아리 애들한테 내가 우리 반에서 왕따 주동자라고 했다며?"

"그게 무슨 말이야? 누가 그래?"

가영이 대신 선주가 눈을 동그랗게 뜨고 물었다. 가영이는 아무 말도 하지 않고 그 자리에 굳은 것처럼 서 있었다.

"그 동아리에 1학년 때 같은 반이었던 애가 있거든. 개가 이야기해 줬어…….”

사태가 심상치 않게 흘러가고 있었다. 선주가 이번에는 가영이에게 물었다.

“가영아, 이게 무슨 소리야?”

“…….”

“뭐라고 말을 해 봐.”

선주가 다시 채근했다. 가영이는 말하는 법을 잊기라도 한 듯 잠시 서 있다가 입을 열었다.

“그게, 난 그렇게 말한 게 아니라…….”

그러자 진아가 발끈하며 쏘아붙였다.

“그럼 내 친구가 거짓말한다는 거야? 네가 상담실 가서 상담까지 했다며? 내가 왕따시키고 너 협박한다고……. 상담실에 가서 기록 뒤져 보면 다 알 수 있어.”

가영이는 아무 말도 않은 채 아랫입술을 깨물었다.

“너 어떻게 그런 새빨간 거짓말을 할 수 있니? 내가 언제 널 왕따시켰어? 언제 협박했고? 너 정말 무섭다.”

진아는 결국 울음을 터뜨렸다. 진아의 울먹이는 소리가 화장실 안에 무겁게 울렸다.

“가영아, 진짜야? 뭐라고 말을 해 봐.”

선주도 충격을 받은 듯 목소리가 떨리고 있었다. 가영이가 대답 대신 어지럽다는 듯 머리를 감싸며 미간을 찌푸렸다.

"어떻게 그럴 수 있어? 그러고도 네가 친구야? 친구냐고?"

진아는 울먹이며 가영이의 어깨를 잡고 거칠게 흔들었다. 그 소리는 마치 짐승이 울부짖는 것처럼 들렸다. 가영이는 진아가 흔드는 대로 휘청거리며 겨우 서 있었다.

그때 화장실 밖에서 기척이 들렸다. 연극 무대 배경을 같이 그리던 아이들이 화장실 안을 기웃거리고 있었다. 한 아이가 화장실 안을 향해 물었다.

"너희, 싸우니?"

진아가 급히 눈물을 닦으며 얼굴을 화장실 안쪽으로 돌렸다. 가영이는 미동도 않은 채 초점 없는 눈으로 화장실 벽을 바라보고 있었다. 선주가 문 쪽으로 다가가 입구를 막아서며 말했다.

"아, 아냐. 얘기할 게 있어서. 금방 갈게."

화장실 밖에 있던 아이들은 심상치 않은 분위기를 눈치챈 모양인지 조용히 물러갔다. 잠시 침묵이 흘렀다.

"일단 나가자. 여기 계속 있을 수는 없어."

선주가 진아의 팔을 끌었다. 나도 뒤를 따라 나가려다 멈칫했다. 가영이가 돌처럼 서서 움직이지 않았기 때문이다.

"가자."

나는 가영이를 데리고 화장실에서 나왔다. 가영이가 들릴락말락하게 속삭였다.

"미진아, 너는 내 편이지?"

그 애의 속삭임이 어두운 복도의 공기를 타고 내 목을 조이는 것처럼 느껴졌다. 이런 상황에서 그런 말을 하는 가영이가 싫었다. 나는 아무 말도 하지 않고 복도를 걸어갔다.

우리는 과학실에 가서 가방을 챙겨 가지고 나와 학교 앞 버스 정류장 근처에 있는 벤치로 갔다. 하지만 이야기는 제대로 이어지지 않았다. 진아는 화가 많이 나 있고 선주는 어찌할 줄 몰라 했다. 가영이는 시선을 아래로 떨군 채 아무 말도 않고 가만히 있었다.

"가영아, 왜 그랬어? 할 말 있으면 우리한테 하지……."

선주가 모두의 눈치를 살피더니 먼저 입을 열었다. 그러나 가영이는 입을 다문 채 발등만 내려다보았다. 우리는 한참 그렇게 앉아 있다가 집으로 향했다. 집으로 가는 동안 아무도 입을 열지 않았다.

다음 날 가영이는 학교에 오지 않았다. 담임 선생님은 가영이가 많이 아파서 결석한다고 말했다. 하지만 우리는 거짓말이라고 생각했다.

"가영이한테 전화해 봤어?"

"안 받아."

"어떻게 된 거야? 설마 어제 있었던 일 때문에 이러는 건 아니겠지?"

"글쎄……."

나는 진아와 선주의 대화에 끼어들지 못했다. 어젯밤 가영이로부터 온 문자가 마음에 걸렸기 때문이다.

−걔네들 너무 무서워. 걔들이 나 가만두지 않을 것 같아.

나는 차마 진아와 선주에게 문자를 보여 주지 못했다.

도대체 가영이는 무슨 생각을 하는 걸까? 이렇게 피할 것이 아니라 학교에 와서 무슨 말이라도 해야 해결이 될 것 아닌가. 나는 입 밖에 내지 못한 말을 속으로 중얼거렸다.

'가영아, 네 행동은 꼬인 실타래를 더욱 단단하게 꼬아 버릴 뿐이야…….'

우리가 만든 연극 세트는 오후 2시쯤 되어서 무대에 올라갔다. 축제의 마지막 순서였다. 대강당의 밝은 조명 아래 드러난 무대 세트는 어젯밤 과학실에서 본 느낌과는 달랐다. 엄청나게 커 보였던 세트가 무대 위에서는 작고 조잡해 보였다. 어젯밤에는 하나하나 독특하고 멋져 보였던 가면들도 무대 위에서는 싸구려 장난감처럼 초라했다.

연극이 무대에 올려지는 동안 진아와 선주, 나는 대강당 옆의 2층 계단에서 가영이와 같은 동아리에 있는 진아의 친구를 만났다. 진아에게 어제 그 이야기를 전해 준 친구였다.

그 친구를 통해 우리는 좀 더 자세한 이야기를 들을 수 있었다. 진아가 자신을 왕따시켰다, 왕따 피해자가 자기만은 아니다, 선주가 옆에서 진아를 거든다, 미진이도 진아 때문에 힘들다……. 그 친구가 들려준 이야기에 의하면 진아는 왕따 주동자, 선주는 추종자, 가영이와 나는 왕따 피해자였다. 이미 가영이네 동아리에서 진아는 왕따 주동자로 유명하다는 것이었다.

"걔, 완전히 소설을 썼구나."

선주는 자기 이야기가 나오자 열불이 난다는 듯이 머리통에 부채질을 했다.

"미진아, 넌 어떻게 생각해?"

나를 바라보는 진아의 표정은 여전히 어두웠다.

"어떻게 생각하긴 뭘 어떻게 생각해?"

"너도 내가 가영이하고 널 왕따시켰다고 생각해?"

"아니. 나는 그렇게 생각한 적 한 번도 없어."

내가 대답하자 진아의 얼굴에 안도하는 기색이 떠올랐다. 진아의 충혈된 눈이 어젯밤 이후 얼마나 힘든지를 말해 주었다.

진아의 친구가 다시 입을 열었다.

"혹시 수련회 갔을 때 무슨 일 있었니?"

내가 그렇다고 대답하자 진아와 선주도 그때 일이 떠오른다는 듯 고개를 끄덕였다.

학기 초, 우리 넷은 수행 평가의 같은 조가 되면서 친해졌다. 처음에는 그럭저럭 죽이 잘 맞고 집도 한 방향이어서 자연스레 함께 다녔다. 그렇게 넷이 붙어 다니다 보니 한 달쯤 지난 후에는 하나의 그룹으로 굳어졌다. 여자애들은 그랬다. 학기 초에 비슷비슷한 친구들을 찾아 무리를 짓는다. 여기서 남으면 외톨이가 되는 것이다. 그래서 아이들은 기필코 어느 곳에든 가서 끼었다. 그렇게 그룹이 만들어지고 나면 다른 그룹에 끼는 것은 불가능하다 싶을 만큼 어려운 일이 된다.

그때까지만 해도 가영이의 어리광과 엉뚱한 행동은 중딩의 귀여운 반란 정도로 보였다. 적어도 수련회에 가기 전까지는. 수련회에 가기 며칠 전부터 가영이와 진아는 냉전 중이었다. 가영이는 핑계를 대고 진아와 선주가 묵지 않는 다른 방으로 갔는데, 문제는 나까지 끌고 가려고 무진 애를 썼다는 점이다. 나는 진아, 선주와 함께 있고 싶었지만 가영이 가 눈물까지 흘리며 부탁을 해서 어쩔 수 없이 따라갔다. 그 러더니 수련회를 다녀와서는 태도가 돌변했다. 이번에는 진 아와 선주의 비위를 맞춰 가며 은근히 나를 따돌렸다. 도무 지 갈피를 잡을 수 없는 행동이었다.

나와 선주는 그런 가영이를 보며 속상한 마음을 속으로 삼 켰지만 진아는 그러지 않았다. 해야 할 말은 꼭 하고 넘어갔 다. 진아는 직선적인 성격이 단점이지만, 남들에게는 찾아 보기 어려운 의협심이 있었다. 자기뿐만 아니라 다른 사람이 힘든 일을 당하면 그걸 참아 내지 못하고 바른 소리를 했다. 가영이에게도 마찬가지였다. 그런 진아 덕분에 나와 선주는 통쾌했지만 가영이는 쓰디쓴 약을 삼키는 기분이었을 것이 다.

우리 넷은 수련회 이후로 기우뚱거리는 탁자 같았다. 한쪽 다리의 길이가 달라 늘 기우뚱거리는 탁자. 올려놓은 물건이 넘어질까 봐 늘 불안한 탁자. 바로 어제까지도 그랬다.

진아 친구가 우리의 눈치를 살피며 조심스럽게 말했다.

"수련회 갔을 때 진아가 자기를 욕하고 따돌리니까 다른 아이들도 어쩔 수 없이 따랐다고……. 그래서 너무 힘들었다 고……."

한참 동안 우리는 한숨을 내쉬기만 할 뿐 아무런 말도 못 했다. 그러는 사이 강당 문이 열리며 아이들이 쏟아져 나왔다. 연극이 끝난 모양이었다. 우리 셋은 황급히 무대 뒤로 올라가고, 진아의 친구는 아이들 무리 속으로 사라졌다.

다음 날도, 그다음 날도 가영이는 등교하지 않았다. 가영이가 결석한 지 사흘째 되는 날, 6교시가 끝나고 7교시 사회 수업 시작종이 막 쳤을 때, 사회 선생님보다 먼저 생활지도부 부장 선생님이 교실 뒷문을 열었다. 선생님의 얼굴은 딱딱하게 굳어 있었다.

"박진아!"

교실에 울려 퍼지는 목소리는 낮고 무거웠다. 나는 그 소리가 피고인을 법정의 증언대에 세우는 신호처럼 들렸다.

둘

쿠르르르, 궈르르르……

우리가 교문을 빠져나오기 무섭게 하늘에는 다시 심상치 않은 기운이 몰려들었다.

"어, 어떡해……. 하늘 좀 봐."

진아가 바라보고 있는 곳에서 번쩍하며 번개가 쳤다. 전등 스위치를 켰다가 바로 끈 것처럼 주변이 잠시 밝아졌다가 어두워졌다. 우리 셋은 한꺼번에 어깨를 움츠렸다.

콰콰콰콰쾅!

"으아아악, 무서워."

교실에서 들었던 천둥소리보다 몇 배는 더 큰 굉음이 천지를 울렸다. 아무도 아까처럼 웃지 않았다. 연두색 우산 위로 거센 빗줄기가 쏟아졌다. 우리는 도망치듯 걸음을 재촉했다.

학교 옆의 상가를 지나면 진아가 사는 아파트 단지이다. 진아가 상가 건물의 현관을 가리키며 말했다.

"저기서 쉬었다 가자, 잠깐만."

몇몇 사람들이 그곳에 서서 빗줄기가 수그러들길 기다리고 있었다. 우리는 그곳에 들어서서 어깨와 가방에 맺힌 빗방울들을 털었다.

"나, 여기서 뛰어 갈게."

천둥이 사라지고 빗줄기만 불규칙하게 뿌리는 하늘을 바라보며 진아가 말했다. 진아가 조금 뒤쪽에서 걸어온 탓인지 진아 등에 매달린 가방은 마른 곳이 없을 정도로 젖어 있었다.

"뭐? 이 빗속을 어떻게 가?"

나는 얼기 시작한 손을 비비다가 깜짝 놀라 물었다.

"우리 집까지 갔다 가면 너무 오래 걸리니까……."

"됐어. 5분도 안 걸려."

선주가 진아의 말을 잘랐다. 우리는 다시 2인 3각 경기를 하듯 서로의 팔을 붙잡고 걷기 시작했다. 진아네 집인 28동 입구에 도착했을 때 진아는 선주에게 우산을 건네고 현관까지 뛰어들어 갔다.

"가영이가 우리에게 준 마지막 선물이네."

선주가 고개를 들어 둥그렇게 펼쳐진 우산살을 바라보며 중얼거렸다. 나는 씁쓸한 웃음을 지으며 선주를 바라보았다. 우산 색깔이 비친 선주의 얼굴이 연둣빛으로 물들어 있었다.

우리는 다시 걸음을 재촉했다. 찬비에 익숙해졌는지 아까만큼 춥고 떨리지 않았다. 선주가 서 있는 내 왼편은 그 애의 체온 덕에 그나마 온기가 느껴졌다.

"그때 일 생각하니까 다시 열이 솟네, 후유……."

선주가 기억을 내쫓듯 심호흡을 하더니 우산을 고쳐 잡았다. 우산 지붕을 달려서 내려온 빗방울들이 후두두둑 떨어져 나갔다.

"이선주?"

점심시간이었다. 복도에 서 있는 선주에게 생활지도부 소속인 최미경 선생님이 다가왔다. 그때 나와 선주는 몸살 기운이 있는 진아를 교문까지 막 바래다주고 오는 참이었다. 선생님은 교실에서 선주를 찾고 있었던 모양이었다. 우리를 바라보는 선생님의 표정은 차분했다.

전날, 진아가 생활지도실에 다녀온 후 우리는 쇼크 상태였다. 진아가 생활지도실에서 들은 이야기 때문이었다. 가영이가 결석하면서 진단서를 제출했는데, 병명이 '정신적 외상후 스트레스 장애'라는 것이었다. 그리고 그 이유는 집단 따돌림이었다.

결석 사흘째 되던 날, 가영이는 학교에 진술서를 제출했다. 학교에서는 진술서 내용에 따라 집단 따돌림 주동자인 박진아를 호출했다. 진아는 세 시간 동안 면담을 하고 진술서를 작성한 후 저녁 7시가 되어서야 집에 돌아갔다. 그 후유증인지 진아는 어제 저녁부터 아무것도 먹지 못했다고 한다. 그러더니 오늘 아침부터는 몸살 기운을 호소했다. 나와 선주는 조퇴하는 진아를 교문 앞까지 바래다주었다.

"네가 선주구나. 생활지도실로 와라. 무슨 일 때문인지는 알지?"

최미경 선생님의 물음에 선주가 조심스럽게 고개를 끄덕

였다. 선주의 얼굴에 두려움이 퍼지고 있었다. 진아의 이야기를 들은 후 놀란 가슴을 달래기도 전이었다.

선생님을 따라 복도를 걸어가며 선주는 나를 한 번 돌아봤다. 그러더니 서둘러 선생님을 따라갔다. 무섭다는 뜻일까, 괜찮다는 뜻일까. 그 애의 눈빛이 무슨 말을 하는 건지 알 수 없었다.

'나도 이렇게 겁이 나는데 선주는 어떨까?'

교실로 들어와 자리에 앉는데 손이 덜덜 떨렸다. 수업이 시작되었지만 머릿속에 하나도 들어오지 않았다. 그렇게 한 시간을 보내고 5교시 수업이 끝난 후 생활지도실이 있는 3층 복도 맨 끝으로 갔다.

생활지도실 문은 닫혀 있었다. 안에서는 아무런 이야기 소리도 들리지 않았다. 문을 열고 들어가 선주를 볼 용기가 나지 않아 그 앞을 잠시 서성거리다가 교실로 돌아왔다.

선주는 종례 시간이 되어서야 교실로 돌아왔다. 아이들이 호기심에 가득 찬 눈빛으로 선주를 쳐다보았다. 진아도, 가영이도 없는 교실……. 선주한테는 무슨 일이 있었을까? 아이들의 눈빛이 이렇게 말하고 있었다.

선주는 아무 말 없이 가방을 챙겼다. 우리는 서둘러 교실을 빠져나왔다. 학교 현관을 나오자 선주는 꽉 막고 있던 숨을 한꺼번에 내쉬듯 입을 열었다.

"후유, 진아가 한 거랑 똑같아. 축제 전날 있었던 일에 대해 묻더라고. 그래서 있는 그대로 이야기했어. 그리고 화장실에서 있었던 일에 대해 진술서 쓰고."

"화장실에서 있었던 일?"

"응. 가영이가 글쎄, 우리가 화장실에서 자기를 협박했다고 진술했어. 그때 화장실에 우리 찾으러 왔던 애들 기억하지? 연극 무대 배경 같이 그렸던 애들. 가영이가 그 애들을 증인으로 내세웠어. 화장실에서 폭력이 있었고, 나하고 진아가 자기를 위협했다고……."

선주의 말을 듣는데 온몸에 소름이 돋는 것 같았다. 내 입에서 저절로 신음이 새어 나왔다.

"으으으윽, 걔 도대체 왜 그러니?"

"내가 하고 싶은 소리야."

짧게 내뱉는 선주의 얼굴에 지친 기색이 역력했다.

"힘들었지?"

"아니야, 그래도 최미경 선생님은 부장 선생님처럼 무섭지는 않았어. 진아한테 미리 얘기도 들었고……."

"진아는 괜찮을까? 충격을 많이 받은 거 같던데……."

"그러게 말이야. 걔가 강해 보여도 속으로는 여려서……."

선주는 교문으로 향하던 발걸음을 바꿔 운동 기구 뒤의 벤치로 향했다. 벤치에 앉은 선주는 휴대폰을 꺼내 누군가에게 전화를 걸었다.

"누구한테 하는데?"

"가영이………."

내가 무어라 말할 새도 없이 저쪽에서 전화를 받은 모양이었다.

"여보세요? 네, 저, 친구 선준데요. 네, 네, 아니요, 저희는 그런 적이 없어요. 죄송하지만 가영이 좀 바꿔 주세요. 가영이랑 직접 이야기하면 오해를 풀 수 있을 거 같아요. 제발 부탁드려………."

선주가 마지막 말을 다 끝내기 전에 저쪽에서 수화기를 끊었다.

"왜? 누군데?"

"어휴, 기가 막혀. 가영이 엄마 말이 우리가 걔를 오랫동안 괴롭혔대. 정말 어이가 없네. 진아 친구가 한 말이랑 비슷해. 얘 정말 제정신이야?"

선주는 아까 생활지도실에 다녀올 때보다 얼굴이 더 벌게지더니 눈물을 뚝뚝 떨어뜨리기 시작했다.

"울지 마, 선주야, 우리 잘못한 거 없어."

선주는 꾹 참고 있던 울음을 터뜨리며 흐느꼈다. 나는 선주의 어깨를 손으로 감쌌다.

어디서부터 잘못된 것일까. 학교에서는 진아와 선주가 가영이에게 언어폭력과 집단 따돌림을 가했다고 의심하는 모양이었다. 그렇다면 너무 억울한 상황이다. 결단코 우리는 가영이에게 그런 식으로 행동한 적이 없다.

가영이는 지금 거짓말을 하고 있다. 수련회 이후 우리와 다른 아이들 사이를 오가며 가영이는 갈팡질팡했다. 그 과정에서 우리를 종종 나쁜 아이로 만들기도 했을 것이다. 우리는 가영이가 돌아올 때마다 받아 주었다. 진아와 선주는 오히려 여기저기 치이고 다니는 가영이를 챙겨 주었다. 물론 바른 말을 하기도 했다. 하지만 그건 표현이 미숙했을 뿐 미워서 그런 건 아니었다. 오히려 나는 진아와 선주처럼 애쓰지 않았다. 나는 누군가에게 내 생각을 표현하는 일이 서툴렀다. 그래서 가만히 있었을 뿐이다. 그 애의 편을 들려고 그런 것은 아니었다.

나와 선주는 벤치에서 일어나 교문을 향해 발걸음을 옮겼다. 가슴속이 답답했다. 선주가 아직도 물기가 가시지 않은 눈으로 물었다.

"미진아, 가영이가 갑자기 왜 이러는 걸까?"

나는 말을 할까 말까 망설였다. 이런 말을 하면 괜히 이간질을 시키는 것 같아서 하지 않았는데, 이제 해야 할 것 같았다.

"사실, 가영이가 가끔 진아 얘기 했었어. 진아가 조금 세게 나올 때 있잖아. 나는 그냥 그 애 성격이라고 생각했는데 가영이는 그렇게 생각하지 않더라고. 근데 이렇게 심각한 수준일 줄 몰랐어."

선주는 아무 말 없이 가만히 있다가 다시 입을 열었다.

"미진아, 너 알지? 가영이, 초등학교 때 왕따였던 거……."

나는 고개를 천천히 끄덕였다. 그냥 귓가를 지나가는 바람이 속삭이듯이 그런 말을 들은 적이 있었다. 걔 왕따였대…….

"이런 말 한 적 없지만, 난 사실 그래서 더욱더 놓아서는 안 된다고 생각했어. 가영이를……."

나는 속으로 조금 놀랐다. 선주가 그런 생각까지 하는 줄은 몰랐다.

"미진아, 나 새삼 깨달았어."

"뭘?"

"왕따 말이야. 세상의 모든 왕따가 말이야, 모두 다 이렇

12. 길 위의 책 강미 지음

사춘기를 맞은 여고생들의 고민과 방황, 상처들을 책을 통해 치유해 가며 삶에 대해 성찰하는 과정을 잔잔하게 그린 청소년 성장소설.

제3회 푸른문학상 수상작
책따세 추천도서

14. 발끝으로 서다 임정진 지음

발레리나라는 꿈을 찾으러 영국으로 유학 간 열두 살 소녀의 이야기. 재인이는 외로움에 힘들어하기도 하지만 꿈을 이루기 위해 한 걸음씩 앞으로 나아간다.

책따세 추천도서

17. 주머니 속의 고래 이금이 지음

『유진과 유진』에 이은 이금이 작가의 두 번째 청소년소설. 가슴속에 품고 있는 꿈을 찾기 위해 노력하는 열다섯 살 아이들에 대해 이야기하고 있다.

대한출판문화협회 올해의 청소년 도서
중학교 〈국어〉 교과서 수록 작품

18. 쥐를 잡자 임태희 지음

원치 않는 임신을 한 고1 여학생이 낙태와 자살이라는 극단적인 선택을 하게 된 이야기를 통해 우리 청소년들의 성 문제와 그에 따른 현실을 그린 청소년소설.

제4회 푸른문학상 수상작
아침독서 청소년 추천도서

21. 리남행 비행기 김현화 지음

봉수네 가족이 북한을 탈출해 리남행 비행기에 오르기까지의 여정이 긴장감 있게 그려져 있다. 온갖 역경 속에서도 인간애와 가족애를 잃지 않는 모습이 진한 감동을 선사한다.

제5회 푸른문학상 수상작
책따세 추천도서

24. 벼랑 이금이 지음

원조 교제, 첫 키스, 협박, 폭력…… 거친 현실의 이면
감춰진 청소년들의 내면을 섬세하게 다루고 있는 이금○
작가의 연작청소년소설.

한국문화예술위원회 선정 우수문학도서
아침독서 청소년 추천도서

29. 살리에르, 웃다 문부일 외 지음

'엄친아'와의 비교에 시달리며 자신을 '살리에르'라 믿
청소년들에게 건네는 '꿈'에 관한 다섯 가지 이야기. 꿈
향한 청소년들의 힘차고도 아름다운 몸부림이 담겼다.

제6회 푸른문학상 수상작
아침독서 청소년 추천도서

30. 사라지지 않는 노래 배봉기 지음

세계적 미스터리의 하나인 이스터 섬 모아이 석상의 ○
밀을 소재로 인간의 파괴적 욕망과 그것을 극복했을
찾을 수 있는 평화를 보여 준다.

문화체육관광부 우수교양도서
아침독서 청소년 추천도서

31. 김홍도, 조선을 그리다 박지숙 지음

김홍도의 그림을 통해 그의 삶을 다룬 연작소설. 작가 ○
유의 상상력과 깊이 있는 통찰력으로 '인간 김홍도'의
을 생생하게 되살려낸 본격 역사소설이다.

문화체육관광부 우수교양도서
아침독서 청소년 추천도서

33. 에네껜 아이들 문영숙 지음

구한말 멕시코의 낯선 농장으로 이주한 조선 사람들이
예처럼 일하며 온갖 고난과 수모를 당하지만 불굴의 의
로 희망의 새로운 터전을 마련한 내용을 담은 역사소설.

책따세 추천도서
대한출판문화협회 올해의 청소년 도서

진 않겠지만 이런 경우일 수도 있겠다는 생각이 들어."

"이런 거?"

"응. 우리처럼…… 왕따 가해자로 몰리는 거 너무 쉬운 일이더라고."

선주의 눈에 다시 눈물이 고였다. 나는 입술을 깨물었다. 우리를 이렇게 힘들게 하는 가영이가 미웠다.

다음 날도 가영이는 학교에 오지 않았다. 벌써 닷새째였다. 가영이가 계속 학교에 오지 않자 우리는 초조해졌다. 가영이 휴대폰으로 몇 번 전화를 하고 문자를 남겼지만 묵묵부답이었다. 진아와 선주는 그동안 몇 차례에 걸쳐 상담을 하고 진술서를 작성했다. 학교에 소문까지 나서 꼼짝없이 왕따 가해자로 몰릴 판이었다. 그렇게 며칠이 지나면서 진아와 선주 어머니까지 학교에 다녀갔다. 일이 점점 커지는 것 같았다.

가영이가 결석한 지 일주일이 지났을 때 생활지도실에서 호출한 사람은 나였다. '올 게 왔다'는 생각이 들었다. 진아와 선주의 안타까운 눈빛을 뒤로 하고 생활지도실로 향했다. 그런데 그곳에는 생활지도부 부장 선생님과 함께 낯선 남자가 함께 있었다. 부장 선생님이 의자에 앉으라는 손짓을 했다.

"강미진, 이분은 경찰이셔. 가영이 일로 몇 가지 물어보실 거니까 사실대로 대답해라. 넌 참고인 자격이니까 걱정할 거 없어. 그냥 있었던 대로 말하면 돼."

나는 어안이 벙벙했다. 부장 선생님은 일어서면서 경찰이라는 낯선 남자에게 말했다.

"아직 어린 학생이니……, 잘 부탁드립니다. 더 잘 아시겠지만……."

부장 선생님은 경찰의 눈치를 살피며 문밖으로 나갔다.

경찰은 아빠보다 조금 젊어 보이는 남자로 남색 티셔츠에 베이지색 면바지를 입고 있었다. 더도 덜도 아닌 동네 아저씨 같은 외모였다.

경찰은 수첩을 펴면서 내게 물었다.

"미진이는 가영이하고 친하게 지냈지?"

나는 대답 대신 질문을 했다. 내 목소리는 민망할 정도로 바들바들 떨렸다.

"왜 경찰이 오신 거죠? 우린 잘못한 게 없어요."

"미진아, 진정해. 넌 참고인 자격이야. 그건 네 말을 참고만 한다는 뜻이야. 네가 잘못했다고 생각하는 사람은 하나도 없어. 축제 전날, 박진아, 이선주, 손가영이랑 화장실에 갔었지?"

경찰은 수첩에 적힌 이름을 곁눈질하며 내게 물었다.

"네."

"거기서 어떤 일이 있었는지 자세하게 말해 줄래?"

내가 간략하게 이야기하자 경찰은 다시 내게 물었다.

"이야기하다가 감정이 격해졌을 때, 박진아가 손가영을 밀었니?"

그 말을 듣자 머릿속에 화장실에서 목격했던 광경이 떠올랐다. 거세게 흔들리던 가영이의 몸.

내가 대답을 하지 않고 멍하게 있자 경찰이 다시 물었다.

"그때 진아가 가영이를 세게 밀었지?"

나는 '아니오'라고 말할 수도 '네'라고 말할 수도 없었다. 반사적으로 이런 말이 튀어나왔다.

"그게 중요한 건가요? 밀었는지 안 밀었는지."

"때에 따라 중요하지. 당하는 사람 입장에서는 엄청난 위협을 느낄 수도 있으니까. 자, 다시 물어볼게. 진아가 가영이를 세게 밀었지?"

나는 망설이다가 대답했다.

"잘 모르겠어요. 생각이 안 나요."

경찰이 희미하게 웃으며 말했다.

"지금 거짓말을 하고 있는데?"

"아니에요. 거짓말 아니에요. 정말 생각이 안 나요."

참았던 눈물이 투두둑 떨어졌다. 울면 안 된다는 생각으로 눈물을 닦아 냈다. 가영아, 왜 이러니? 우리가 뭘 잘못했다고. 그러는 동안에도 내 머릿속에는 희미한 화장실 불빛 아래 거칠게 흔들리던 가영이의 모습이 몇 번이나 떠올랐다가 사라졌다.

다음 날, 선주와 진아는 오후가 되어서야 학교에 등교했다. 가해자 신분으로 경찰서에 출두해 조사를 받아야 했기 때문이다. 가영이의 부모가 진아와 선주를 학교 폭력 가해자로 경찰에 신고했다는 것이다. 진아와 선주는 점점 더 궁지에 몰렸다.

그날 오후, 담임 선생님으로부터 가영이가 입원했다는 소식을 들었다. 심신미약……? 뭐, 그런 이유였다. 우리는 담임 선생님께 가영이를 만나겠다고 이야기했다. 경찰서에 다녀온 진아와 선주는 절박한 모습이었다.

'우리가 만나서 설득해야 해. 합의해야 한대. 안 그러면 우리 큰일 난대.'

두 아이의 어두운 표정을 보자 나는 마음속에서 열불이 끓어올랐다. 미안한 마음도 들었다. 우리 셋 중에서 나만 빠져나간 것 같은 미안함이었다.

수업이 끝나고 담임 선생님은 우리를 불렀다. 아마도 가영이와 연락을 한 모양이었다. 선생님의 표정에서 뭔가 주저하는 기색이 느껴졌다. 선생님이 우리 눈치를 보다가 입을 열었다.

"가영이가…… 미진이만 오라는구나."

하나

비가 조금씩 잦아들고 있었다. 하늘을 뒤덮었던 먹구름이 조금씩 엷어지면서 거리도 조금씩 밝아졌다. 비와 싸우는 병사처럼 발맞추어 걷던 선주와 나는 발걸음을 조금 늦추었다. 하늘을 올려다보니 한고비는 넘긴 것 같았다. 우리는 어느새 선주네 집 앞에 도착했다. 선주는 내게 우산을 건네며 한마디 했다.

"자, 마지막 타자 강미진, 화이팅!"

선주가 서 있던 쪽의 우산살 사이로 빗물이 새어 들어 이마 위에 떨어졌다. 차가운 빗물이 이마를 타고 얼굴로 흘러내렸다. 나는 오른손으로 우산 손잡이를 고쳐 잡고 왼손으로 얼굴에 떨어진 빗물을 닦아 냈다. '손가영'이라고 쓰여 있는 이름표가 내 걸음에 맞춰 흔들거렸다.

'가영아, 이제 너와 나만 남았다.'

학교에서 집이 가까운 순서대로 진아랑 먼저 헤어지고 그 다음에 선주랑 헤어지면 나와 가영이가 남았다. 우리는 개천을 건너 주유소에 도착할 때까지 조금 더 수다를 떨었다. 주유소를 끼고 왼쪽으로 돌면 우리 집이 있는 골목이고 주유소를 지나 첫 번째로 나오는 아파트 단지가 가영이네 집이었다. 가끔 우리는 아파트 상가에 들러 떡볶이를 사 먹기도 했다.

두 아이와 헤어지고 나면 가영이는 바로 불만을 드러냈다.

"진아가 아까 그 말할 때 속으로 너무 어이없었어."

"무슨 말?"

"나 보고 이기적이라고 그랬잖아. 솔직히 이기적인 쪽은 진아 아냐? 걔 뭐든지 지 맘대로 하잖아."

나는 뭐라고 답을 할지 몰랐다. 장단을 맞춰야 할지, 대놓고 그런 말은 하지 말라고 할지…….

"그리고 선주, 걔는 꼭 진아 편 들더라. 내가 이렇게 하자 그러면 안 된다 그러고, 진아가 이렇게 하자고 하면 좋다고 하잖아."

그 무렵부터 가영이와 개천 위의 다리를 건널 때면 나는 자꾸 개천 밑을 내려다보는 습관이 생겼다. 그럴 때마다 개천 속의 수초들이 다리 위로 올라와 내 발목을 잡아당기는 것 같은 기분이 들었다.

입원실 침대에 앉아 있는 가영이는 다른 사람 같았다. 환자복을 입어서일까. 홀쭉해진 뺨과 환자복 사이로 드러난 쇄골. 학교에 나오지 않는 사이에 몸무게가 3, 4킬로그램은 빠진 것 같았다.

"선생님……, 미진아……."

가영이가 입가에 엷은 미소를 지었다. 나는 무어라 말을 할지 몰라 입이 떨어지지 않았다. 나와 동행한 최미경 선생님이 밝은 목소리로 인사를 했다. 선생님은 이미 한 차례 가영이를 찾아왔었다고 했다.

"가영아, 몸은 어때?

"아, 괜찮아요."

가영이는 고개를 약간 숙이더니 끄덕거렸다. 선생님은 몇 마디 의례적인 말을 했다. 가영이는 그저 고개만 끄덕거렸다. 선생님의 말이 이어질수록 가영이의 고개는 점점 밑으로 떨어졌다. 선생님은 눈치를 채고 의자에서 일어서며 말했다.

"둘이 편하게 얘기해라. 어머님, 저랑 잠깐 이야기 좀 하시죠."

침대에서 두세 걸음 떨어져 입구 쪽 의자에 앉아 있던 가영이 엄마가 선생님을 따라 병실 문을 나섰다.

나는 뭐라 말해야 할지 모르겠어서 가만히 앉아 있었다. 가영이가 먼저 입을 열었다.

"미진아, 미안해. 너까지 힘들게 해서……."

가영이의 목소리가 흔들리고 있었다. 울고불고 강짜를 부릴까 봐 내심 걱정했는데 예상과 달리 푹 가라앉은 모습이었다. 더 가녀려진 어깨와 힘없는 목소리를 들으니 불쌍하다는 생각이 들었다. 올 때는 단단히 마음을 먹었었는데 막상 가영이를 맞닥뜨리니 마음이 약해졌다.

"아니야, 내가 뭐가 힘들어. 너야말로 빨리 기운 차리고 학교로 돌아와야지."

"미진아, 너는 내 편이 되어 줄 거지? 그렇지?"

가영이가 두 눈에 눈물을 가득 담은 채로 물었다.

'뭐라고 대답을 해야 하나? 나는 누구 편일까?'

그 애의 젖은 눈이 내 대답을 재촉하며 빤히 바라보고 있었다. 나는 기어 들어가는 소리로 대답했다.

"으응……."

가영이는 내 대답을 듣더니 한결 밝은 표정이 되었다. 선생님과 가영이 엄마가 병실로 돌아오기 직전에 가영이는 한 마디를 덧붙였다.

"나, 그 애들이 내 발밑에 무릎 꿇는 거 보고 돌아갈 거야. 이대로는 억울해서 못 가."

핏기 없는 그 애의 입술이 이 말을 내뱉었을 때 나는 뒷목에 얼음이라도 갖다 댄 듯 섬뜩했다. 저렇게 가냘프고 순진한 얼굴로 어떻게 그런 무서운 말을 할 수 있을까.

최미경 선생님과 함께 병실을 나오는데 내 마음은 자갈밭을 걷는 것처럼 뒤뚱거렸다.

'네 편이 되어 줄 수 없다고 똑똑히 말했어야 하는데……. 바보, 바보, 바보!'

가영이 엄마는 최미경 선생님께 몇 번을 되풀이해 말했다. 마치 나 보고 들으라는 것 같았다.

"밤에 자다 깨 보면 애가 베란다에 우두커니 서 있는 거예요. 그때마다 가슴이 덜컹 내려앉는 게……. 도저히 집에 데리고 있을 수가 없었어요. 병원에서도 입원을 권하고……."

그러면서 나한테도 당부를 잊지 않았다.

"우리 가영이가 미진이밖에 도와줄 친구가 없다고 하네. 미진아, 자주 찾아와. 가영이 너무 불쌍하잖니."

선생님의 미간에 더욱 깊은 주름이 잡혔다. 병원을 나오면서 선생님이 내게 말했다.

"생각보다 호전이 안 되네. 미진아, 네가 위로 좀 잘해줘."

"선생님, 근데요…….."

"응."

"저는요, 못 믿겠어요."

"뭘?"

"연극하는 것 같아요. 불쌍하게 보이려고요. 속으로는 복수할 생각을 하고 있어요. 저한테 그러더라고요."

선생님이 놀란 표정으로 물었다.

"복수라니? 그게 무슨 말이야?"

"그 애들이 자기 발밑에 무릎을 꿇어야 학교에 오겠대요."

"그 애들?"

선생님은 되물었지만 나에게 답을 확인하지 않았다. 대답하지 않아도 누굴 말하는 건지 금세 떠올랐을 테니까.

"미진아, 너희들 힘들어하는 거 선생님도 알고 있어. 근데 일단 가해자 입장에 있는 진아와 선주는 불리한 상황이야. 학교 폭력으로 징계를 받을 수도 있어. 그런 일은 막아야 하잖니. 선생님은 너희를 화해시키고 가영이가 예전처럼 학교에 다닐 수 있게 하고 싶어. 그게 서로가 덜 상처받는 길이라고 생각해. 그러니까 미진아, 네가 도와줘. 가영이가 학교에 나오도록 좀 도와줘."

선생님의 말을 듣는 동안 나는 가슴이 더욱 답답해졌다.

'진아와 선주가 징계를 받는다고? 무조건? 병원에 입원하면 무조건 피해자인가? 세상에 이런 법이 다 있나?'

하지만 나에게는 다른 선택의 여지가 없었다. 가영이 부모님이 징계를 요청하지 않도록 달래자는 최미경 선생님의 말을 따를 수밖에.

그 후 나는 몇 번 더 병원에 갔다. 마치 혼이 없는 아이처럼 앉아 가영이의 이야기를 들어 주었다. 가영이의 기억에는 자꾸만 새로운 이야기가 더 얹어졌다. 그 애의 기억은 자꾸만 길어지는 자작극이었다.

더욱 괴로운 일은 진아와 선주가 가영이를 만나러 가는 나를 오해하기 시작했다는 것이다.

"미진아, 너 분명히 해. 어느 쪽이야?"

"미진이는 가해자가 아니잖아. 우리랑 같이 행동할 필요가 없지."

그 애들의 말속에서 가시를 느꼈다. 나야말로 진짜 외톨이가 된 기분이었다.

그런 노력에도 불구하고 가영이는 학교에 돌아오지 않았

다. 학교에는 가영이와 진아, 선주에 대한 나쁜 소문이 떠돌았다. 2학년 때 있었던 일, 1학년 때 있었던 일, 심지어 초등학교 때 있었던 일들까지 등장했다.

두 아이를 자기 앞에 무릎 꿇리겠다는 가영이의 생각은 허황된 계획이 아니었다. 결국 학교폭력대책자치위원회가 소집될 거라는 소식이 돌았다.

학교에서 일어난 사건에 대해 뒤늦게 알게 된 엄마가 말했다.

"미진아, 넌 가만히 있어. 괜히 나서서 진아랑 선주 편들지 마. 그러다가 너까지 왕따 가해자로 엮인다."

"엄마, 그래도 걔네가 그런 게 아니란 말야!"

"앞에 상황이 어떻든 그날 폭력을 휘두른 가해자는 무조건 불리한 거야. 거기다 너까지 그 애들 편을 들어 봐. 그건 완전히 떼로 몰려 한 아이를 괴롭힌 게 된다고."

"그렇다고 거짓말을 해? 그럴 순 없어."

"누가 거짓말하래? 가만히 있으라는 거지."

하지만 나는 가만히 있을 수 없었다. 내가 할 수 있는 일은 하나였다. 가영이를 설득하는, 아니 겁주는 일……. 나는 학교폭력대책자치위원회가 열린다는 소식을 들은 후 가영이를 만나러 병원에 갔다. 가영이는 환자복을 입고 있었지만 엷은 화장을 하고 있었다. 입술은 반짝거리고 뷰러로 치켜 올린 속눈썹이 발랄한 느낌을 주었다. 하지만 나는 그 모습이 너무도 얄미웠다.

나는 한 번 심호흡을 하고 말을 꺼냈다.

"가영아, 그만둬. 너 이러는 거 아니야."

그 순간 가영이의 눈빛이 변했다. 뭐랄까. 마지막 인형을 빼앗긴 아이의 눈빛. 원망과 실망이 뒤엉킨……. 그 눈빛을 보는 것이 괴로웠다. 나는 눈길을 돌렸다.

"미진아, 지금 뭐라고 했어? 금방 한 말 진심 아니지?"

이번에는, 이번에는 말해야 한다. 내 마음을, 내 진심을……

"아니, 진심이야. 이 말을 해 주고 싶었어. 차마 못한 거지. 이렇게 한다고 너한테 뭐가 좋니?"

"나, 걔네들 다시 보는 거 힘들어. 내 앞에서 사라지게 할 거야."

"걔네들 잘못이 아니야. 문제는 너한테 있어. 그래 맞아. 아주 오랫동안 이 말을 해 주고 싶었어. 너한테 문제가 있다고. 네가 너를 제대로 못 보면 똑같은 일이 반복될 뿐이야."

"미진아, 너 어쩜, 나한테 이럴 수 있니?"

가영이가 울먹이고 있었다. 눈에는 눈물이 그렁그렁 맺힌 채 눈동자에는 배신당한 자의 분노가 서려 있었다.

"네가 그 애들을 학교 폭력으로 몰아 징계받게 만든다면 나도 가만히 있을 수 없어. 나는 네가 다 꾸민 거라고, 네가 거짓말한 거라고 증언할거야. 증거도 다 있어."

그러면서 나는 휴대폰을 들어 올렸다. 가영이는 자신이 내게 보낸 문자들을 기억할 것이다. 가영이의 얼굴이 일그러졌다. 반짝거리는 입술 위로 눈물이 흘러내렸다.

"너도 역시, 내 편이 아니었구나."

"결국은 너를 위한 거야. 그 애들한테 그렇게 하면, 너는 행복할 거 같아?"

가영이의 얼굴이 괴로움으로 일그러졌다. 아무리 밉더라도 그 모습은 보기가 안타까웠다.

"나가 줘."

내가 가만히 서 있자 가영이가 소리 질렀다.

"나가. 나가라고!"

나는 그렇게 병원에서 나왔고, 다시 찾아가지 않았다. 잘한 거라고 생각하지 않는다. 그렇게밖에 할 수 없었다.

일은 쉽게 해결되지 않았다. 결국 어른들의 손으로 넘어갔다. 어른들은 쉬쉬했지만 경제적 보상을 해 주는 걸로 합의를 한 모양이었다. 그제야 진아와 선주는 가해자라는 올가미에서 벗어날 수 있었다. 나 역시 그제야 오해의 덫에서 풀려났다. 그때가 두 달 전이다.

비가 그친 모양이었다. 쏟아지는 빗방울로 소란하던 보도블록의 물웅덩이가 이제 평온해 보였다. 나는 우산을 내렸다. 하늘이 이제 검은 구름을 거두어 가고 있었다.

개천 위의 다리를 반쯤 건넜을 때 나는 다리 난간 쪽으로 가서 아래를 내려다보았다. 빗물로 불어난 개천은 평소보다 훨씬 많은 양의 물이 흐르고 있었다. 개천 옆의 잡초들은 늦가을의 빛깔을 머금고 있었고, 물과 풀이 엉켜 풍기는 냄새는 더욱 진하게 다리 위로 올라왔다.

서늘한 바람이 불기 시작할 무렵, 가영이는 휴학했다. 그 후 차로 달려서 반나절이 걸리는 학교로 옮겼다는 소식을 들었다. 이제 우리는 그 애로부터 벗어난 걸까?

나는 우산을 번쩍 들었다. 무언가를 확인하고 싶은 마음이 가슴 깊은 곳에서 솟구쳤다. 우산을 높이 들어 개천을 향해 던지려고 하는데 서쪽 하늘과 맞닿은 개천 끄트머리에서 무언가 반짝이는 것이 보였다. 구름에 가려 있던 해가 막 지려는 걸까.

나는 높이 쳐들었던 팔을 내렸다. 그리고 눈을 가늘게 뜨고 반짝임이 사라질 때까지 개천 끄트머리를 바라보았다. 잠시 후 나는 난간에서 떨어져 나와 주유소를 지나고 우리 집이 있는 골목을 지나쳤다. 내 발걸음은 나도 모르게 가영이가 살던 아파트로 향했다.

눈에 익은 아파트 현관을 지나 계단을 올라가 그 애가 살던 집 문 앞에 멈춰 섰다. 나는 가영이의 우산을 가지런히 모아 묶었다. '손가영'이라고 쓰여 있는 이름표가 잘 보이게 문 옆에 세웠다. 우산 꼭지에서 물기가 쪼르륵 흘러 바닥을 적셨다.

어둠이 들어차기 시작한 아파트 계단을 내려왔다. 비에 젖은 가로등에 불이 들어오고 상가 쪽의 불빛도 하나둘 늘어가고 있었다. 나는 왔던 길을 되짚어 집으로 가는 걸음을 재촉했다.

어른이 되는 주문을 찾아서

나는 언제 어른이 되었을까?

이 책을 마무리하면서 기억을 더듬어 보았다. 주민등록증이 나왔던 때도, 스무 살이 되었던 때도 아니다. 국가적인 재난이 었던 IMF 구제금융 요청 사태가 터졌을 때도 나는 꿋꿋하게 어른이 되지 않고 버텼다.

그러면 언제 어른이 되었을까?

기억의 수풀을 헤치고 슬며시 그때가 떠오른다. 그래, 그때 일 거다. 내가 어른이 되었다면 아마 그때일 것이다. 내 나이 스물이 아니라, 거기다가 열을 넘게 더했을 무렵⋯⋯.

그간 유예해 왔던 고민과 방황이 한꺼번에 봇물이 터지듯이 외롭고 힘든 날들이 찾아왔다. 내 마음은 자꾸 고개를 숙이고 힘없이 뒷걸음질 쳤다. 나는 어딘가로 숨고 싶었고 아주 먼 곳으로 튕겨져 나가고 싶었다. 하지만 나는 어떤 곳으로도 도망가지 못했다. 그 자리에 앉아 눈길을 아래로 떨구고 내 발자국 밑을 더듬어야 했다.

그런 시간이 계속되던 어느 날, 나는 마음속에서 들려오는 소리를 들었다.

'당신들의 생각과는 상관없이…….'

마치 파도처럼 가슴 밑바닥에서 밀려오는 외침이었다. 그래, 맞아. 당신들의 생각과 상관없어. 당신들의 잣대와 당신들의 판단과 당신들의 결정과 상관없어! 이렇게 생각하자 오랜 가뭄 끝에 소나기가 내린 것처럼 시원하고 통쾌한 느낌이 들었다. 나를 꽁꽁 묶고 있던 것들이 스르르 풀리는 것 같았다. 아마도 나는 말하고 싶었나 보다. 나에게도 생각이 있고 나에게도 이유가 있으며 나 또한 열심히 살고 있다고…….

지금도 용기가 필요할 때 그 소리를 떠올린다.

'당신들의 생각과는 상관없이…….'

기분 탓인지는 모르겠지만 이렇게 중얼거리면 진짜 어른이 된 것만 같고 내 생각이 옳다는 자신감도 생긴다. 어쩌면 이 말은 내가 어른이 되는 주문인지도 모르겠다.

이 책에 등장하는 지희, 진아, 선주, 미진이, 지호, 은경이, 진수 그리고 민기…….

이들은 나의 첫 번째 친구들이다. 정말 내가 글을 쓸 수 있을까 고민하고 망설이던 순간에 내 곁에 있었다. 나의 심장에 용기를 불어넣어 주고 내 손바닥에 꿈을 쥐어 준 녀석들이다. 덕분에 나는 앞이 보이지 않는 막막한 길을 한 걸음, 한 걸음 내딛을 수 있었다.

내 곁에 옹기종기 앉아 있던 녀석들이 지금 막 엉덩이를 털고 떠날 채비를 하고 있다. 서운하지만, 먹먹하지만 보내야 한다. 모쪼록 이 녀석들이 나에게 그러했던 것처럼 다른 친구들에게도 벗이 되어 주고 용기를 주기를, 그래서 어른이 되는 주문을 외쳐야 하는 순간에 섬광과 같은 힘이 되어 주기를 간절히 바란다.

2015년 겨울은 따뜻했다고 기록하며
조규미

조 규 미

대학에서 국어국문학을 전공했다. 2012년 청소년소설 「음성 메시지가 있습니다」로 제10회 푸른문학상 '새로운 작가상'을, 2014년 장편동화 『기억을 지워 주는 문방구』로 제11회 건대창작동화상을 수상했다. 지은 책으로는 장편동화 『9.0의 비밀』, 청소년소설집 『옥상에서 10분만』이 있다.

푸른도서관

■ 푸 른 도 서 관 ■

1. 뢰제의 나라 강숙인 지음
교통사고로 가사 상태에 빠진 열두 살 소년이 저승사자의 손에 이끌려 저승인 '뢰제의 나라'
를 여행하면서 벌어지는 모험담을 담은 판타지소설.
★ 윤석중문학상 수상작　★ 동화읽는가족 추천도서

2. 아버지가 없는 나라로 가고 싶다 이규희 지음
아픈 결핍의 가족사를 벗어던지고 마침내 더 너른 세상을 향해 나아가는 소녀를 통해 성장의
의미를 곰곰이 곱씹게 해 주는 가슴 뭉클한 성장소설.
★ 세종아동문학상 수상작가

3. 까망머리 주디 손연자 지음
좋아하는 남학생에게 외모에 대한 조롱 섞인 말을 듣고, 입양아인 자신이 미국 사회의 이방
인이라는 사실을 깨닫는 사춘기 소녀 주디가 정체성을 찾아가는 이야기.
★ 책따세 추천도서　★ 학교도서관사서협의회 추천도서　★ 부산광역시교육청 독서인증제 권장도서

4. 이삐 언니 강정님 지음
일제 강점기 말과 해방 공간을 시간적 배경으로 밤나무정 마을에 사는 '복이'라는 여자아이
의 삶의 비밀을 하나하나 알아가는 과정을 그린 아름다운 연작소설집.
★ 서울시교육청 교과별 권장도서　★ 한우리독서토론논술 필독도서　★ 한국아동문예상 수상작

5. 너도 하늘말나리야 이금이 지음
미르와 소희, 바우는 각자의 상처를 속으로 감추고 괴로워하다 서로를 알아본다. 서로의 상
처를 보듬어 주는 순간, 상처에는 새살이 돋고 아이들은 비로소 성장하게 된다.
★ 중학교 〈국어〉 교과서 수록　★ 책따세 추천도서　★ 〈중앙일보〉 좋은책 100선 선정도서

6. 내 이름엔 별이 있다 박윤규 지음
1970년대라는 한국 사회의 정치적·사회적 격동기를 배경으로 성장해 나가는 사춘기 소년의
삶을 통해 2000년대의 우리가 잊고 지냈던 '꿈'과 '희망'을 다시 한 번 환기시켜 준다.
★ 서울시립어린이도서관 추천도서

7. 토끼의 눈 강정규 지음
한국 전쟁을 배경으로 한 세 편의 이야기를 엮은 소설집. 작품 속에 총소리나 죽음은 등장하
지 않지만, 친진한 아이들의 눈으로 바라본 전쟁이 숨이 막힐 듯 가깝게 다가온다.
★ 세종아동문학상 수상작　★ 아침독서 청소년 추천도서

8. 화랑 바도루 강숙인 지음
부모님을 일찍 여읜 바도루가 김충현 장군 밑에서 생활하며 그의 자제인 경천과 함께 피나는
노력과 뜨거운 우정을 나누며 꿈에 그리던 화랑이 되는 이야기를 그린 본격 역사소설.
★ 동화읽는가족 추천도서

9. 유진과 유진 이금이 지음
어린 시절 함께 성추행을 당한 동명이인 '유진과 유진'의 각각 다른 성장 과정을 통해 청소년
의 심리를 아주 세밀하게 보여 주는 이금이 작가의 청소년소설.
★ 책따세 추천도서　★ 어린이도서연구회 청소년 권장도서　★ 학교도서관저널 선정 성장소설 50선

10. 마사코의 질문 손연자 지음

일본인 소녀의 입으로 일본인의 죄를 묻는 이야기. 일제 강점기에 우리 민족이 겪은 온갖 수난을 생생하고 절실하게 그려 낸 9편의 작품이 실려 있다.

★ 세종아동문학상 수상작 ★ SBS 어린이미디어대상 수상작 ★ 한우리독서토론논술 필독도서

11. 아, 호동 왕자 강숙인 지음

비극적 사랑의 대명사 호동 왕자와 낙랑 공주, 그들이 정말 사랑하는 사이였는가에 대한 의문으로 시작된 역사소설. 우리가 알고 있던 이야기를 뒤집어 전혀 새로운 시각을 제시한다.

★ 한우리독서토론논술 필독도서 ★ 서울독서교육연구회 추천도서 ★ 책읽는교육사회실천협의회 추천도서

12. 길 위의 책 강 미 지음

'책'을 통해 자연스럽게 자신의 고민과 방황을 해결하고 상처를 치유해 나가는 여고생들의 이야기를 잔잔하게 그렸다. 청소년들을 위한 성장소설들이 '책 속의 책'으로 가득 담겨 있다.

★ 제3회 푸른문학상 수상작 ★ 책따세 추천도서 ★ 문화체육관광부 우수교양도서

13. 느티는 아프다 이용포 지음

'지금 여기'의 '가장 낮은 곳'을 이야기하는 성장소설. 독자들에게 이웃을 바라보는 시선을 바꾸고 존재의 소중함을 돌아볼 수 있는 시간을 마련해 준다.

★ 한국문화예술위원회 우수문학도서 ★ 평화박물관 선정 청소년 평화책

14. 발끝으로 서다 임정진 지음

베스트셀러『행복은 성적순이 아니잖아요』의 임정진 작가가 펴낸 청소년소설. 낯선 땅으로 홀로 유학을 떠난 주인공을 통해 조기 유학생활의 어려움과 외로움을 절절하게 그렸다.

★ 책따세 추천도서

15. 마지막 왕자 강숙인 지음

역사의 그늘에 가려져 있던 인물이자 신라의 마지막 왕인 경순왕의 아들 마의태자를 주인공으로 한 역사소설로, 그의 새로운 영웅적 면모를 보여 준다.

★〈중앙일보〉좋은책 100선 선정도서 ★ 어린이도서연구회 청소년 권장도서

16. 초원의 별 강숙인 지음

마의태자를 주인공으로 한『마지막 왕자』의 후속작. 사라져 버린 나라를 그리워하던 주인공 새부가 광활한 만주 대륙에서 아버지의 꿈을 이루는 과정을 흥미진진하게 그리고 있다.

★ 동화읽는가족 추천도서

17. 주머니 속의 고래 이금이 지음

가슴속에 품고 있는 꿈을 찾기 위해 노력하는 열다섯 살 아이들에 대한 이야기이다. 저마다 꿈을 좇는 과정에서 실패와 좌절을 겪지만 다시 씩씩하게 일어나는 모습을 보여 준다.

★ 중학교〈국어〉교과서 수록 ★ 아침독서 청소년 추천도서 ★ 대한출판문화협회 올해의 청소년도서

18. 쥐를 잡자 임태희 지음

원치 않는 임신을 한 여고생의 이야기로 성에 대해 여전히 취약한 우리 청소년의 현실을 돌아보고 위험성을 인식하게 만든다. 동시에 대책 마련이 시급하다는 사실을 새삼 일깨운다.

★ 제4회 푸른문학상 수상작 ★ 아침독서 청소년 추천도서 ★ 어린이도서연구회 청소년 권장도서

19. 바람의 아이 한석청 지음

우리나라 아동청소년문학 최초로 발해를 소재로 한 장편역사소설. 고구려 멸망 뒤 옛 고구려 지역에 살던 이들의 비참한 삶과 나라를 되찾고자 하는 투쟁을 생생하게 그려 냈다.

★ 한우리독서토론논술 필독도서   ★ 책읽는교육사회실천협의회 추천도서

20. 베스트 프렌드 이경혜 외 지음

사춘기를 지나 성숙한 남녀로 성장하는 과정에 놓인 청소년들의 심리 변화를 섬세하게 그린 표제작을 비롯해 현실적인 청소년들의 한계와 모순을 그린 5편의 단편소설을 엮었다.

★ 어린이도서연구회 청소년 권장도서

21. 리남행 비행기 김현화 지음

봉수네 가족이 북한을 탈출해 리남행 비행기에 오르기까지의 여정이 긴장감 있게 그려져 있다. 온갖 역경 속에서도 인간애와 가족애를 잃지 않는 모습이 진한 감동을 선사한다.

★ 제5회 푸른문학상 수상작   ★ 책따세 추천도서   ★ 한국문화예술위원회 우수문학도서

22. 겨울, 블로그 강미 지음

자신만의 길을 찾아가는 청소년들이 종횡무진 활동하는 네 편의 작품을 담았다. 청소년들의 일상을 정확하고 섬세하게 묘사하여 그들이 나아갈 수 있는 길을 오롯이 보여 준다.

★ 문화체육관광부 우수교양도서   ★ 아침독서 청소년 추천도서   ★ 한국출판인회의 선정 이달의 책

23. 네가 하늘이다 이윤희 지음

1894년 동학 농민 운동을 배경으로 새로운 세상을 꿈꾸었지만 결국 이름조차 남기지 못하고 스러져 간 농민군의 이야기를 감동적으로 그려 낸 대하역사소설.

★ 아침독서 청소년 추천도서   ★ 한국어린이문화대상 수상작

24. 벼랑 이금이 지음

원조 교제, 첫 키스, 협박, 폭력……. 거친 현실의 이면에 감춰진 청소년들의 내면을 섬세하게 다루고 있는 이금이 작가의 연작청소년소설.

★ 한국문화예술위원회 우수문학도서   ★ 아침독서 청소년 추천도서   ★ 네이버 북리펀드 선정도서

25. 뚜깐뎐 이용포 지음

서기 2044년, 한국에서 영어 공용화 법안이 통과된 뒤 영어가 일상어로 자리를 잡은 때와 한글이 박해를 받던 연산군 시절을 오가며 현대인들에게 진지한 성찰의 기회를 제공한다.

★ 아침독서 청소년 추천도서   ★ 대한출판문화협회 올해의 청소년도서   ★ 〈중앙일보〉 선정 이달의 책

26. 천년별곡 박윤규 지음

천 년의 시간을 애증과 그리움으로 버틴 주목나무의 이야기를 절제된 감성으로 그린 작품. 시 형식을 차용한 소설인 '시소설'이란 신선한 장르에 애절한 정서를 잘 녹여 냈다.

★ 한우리가 선정한 좋은 책

27. 지귀, 선덕 여왕을 꿈꾸다 강숙인 지음

지귀 설화 속에 숨어 있는 선덕 여왕 이야기를 담은 역사소설. 지귀와 선덕 여왕, 김춘추와 김유신 등 시대의 격랑에 휘말린 이들의 삶과 사랑이 독자들의 가슴속에 파고든다.

★ 책따세 추천도서   ★ 네이버 북리펀드 선정도서   ★ 아침독서 청소년 추천도서

28. 청아 청아 예쁜 청아 강숙인 지음

〈심청전〉을 현대적으로 재해석한 소설. 새로운 시각의 심청과 서해 용왕 그리고 그의 아들을 등장시켜 '보이지 않는 사랑 이야기'를 통해 참다운 사랑의 의미를 되새기게 한다.

★ 한국출판인회의 선정 이달의 책　★ 중앙독서교육 선정도서

29. 살리에르, 웃다 문부일 외 지음

'엄친아'와의 비교에 시달리며 자신을 '살리에르'라 믿는 청소년들에게 건네는 '꿈'에 관한 다섯 가지 이야기. 꿈을 향한 청소년들의 힘차고도 아름다운 몸부림이 담겼다.

★ 제6회 푸른문학상 수상작　★ 아침독서 청소년 추천도서　★ 학교도서관사서협의회 추천도서

30. 사라지지 않는 노래 배봉기 지음

세계적 미스터리의 하나인 이스터 섬 모아이 석상의 비밀을 소재로 인간의 파괴적 욕망과 그 것을 극복했을 때 찾을 수 있는 평화를 보여 준다.

★ 문화체육관광부 우수교양도서　★ 네이버 북리펀드 선정도서　★ 국립어린이청소년도서관 추천도서

31. 김홍도, 조선을 그리다 박지숙 지음

김홍도의 그림을 통해 그의 삶을 다룬 연작으로, 작가 특유의 상상력과 깊이 있는 통찰력으로 '인간 김홍도'의 삶을 생생하게 되살려낸 본격 역사소설이다.

★ 문화체육관광부 우수교양도서　★ 〈소년조선일보〉 추천도서　★ 아침독서 청소년 추천도서

32. 새가 날아든다 강정규 지음

한국 전쟁을 직접 경험한 세대가 전쟁과 분단과 이산이라는 문제를 다른 시각에서 조명한 작품. 역사의 굴곡을 넘어 당대의 사람들이 더불어 살아가는 이야기를 일곱 편의 소설에 담았다.

★ 아침독서 청소년 추천도서

33. 에네껜 아이들 문영숙 지음

구한말 멕시코의 낯선 농장으로 이주한 조선 사람들이 노예처럼 일하며 온갖 고난과 수모를 당하지만 불굴의 의지로 희망의 새로운 터전을 마련한 내용을 담은 역사소설.

★ 책따세 추천도서　★ 대한출판문화협회 올해의 청소년도서　★ 아침독서 청소년 추천도서

34. 밤나무정의 기판이 강정님 지음

1950년대를 배경으로 소년 기판이의 각별하고도 애틋한 성장과 모험과 죽음을 다룬 이야기. 작가 특유의 입담과 사투리에 실린 당시의 일상과 풍속이 눈앞에 생생하게 되살아난다.

★ 한국문화예술위원회 우수문학도서　★ 대한출판문화협회 올해의 청소년도서　★ 아침독서 청소년 추천도서

35. 스쿠터 걸 이은 지음

질풍노도의 시기인 청소년기의 한복판에 서 있는 열다섯 살 중학생들을 본격적으로 등장시킴으로써 중학생들의 삶을 밀도 있게 그려 낸 청소년소설집.

★ 한국간행물윤리위원회 우수청소년저작 당선작　★ 학교도서관저널 추천도서

36. 우리 반 인터넷 소설가 이금이 지음

거짓이 휘두르는 보이지 않는 폭력에 '진실'이 어떻게 왜곡되고 유배되는지를 청소년들의 생생한 세태 묘사와 치밀한 구성을 바탕으로 보여 준다.

★ 네이버 북리펀드 선정도서　★ 학교도서관저널 추천도서　★ 국립어린이청소년도서관 추천도서

37. 열네 살, 비밀과 거짓말 김진영 지음
습관적인 도둑질에 빠져들면서 비밀과 거짓말이 늘어나게 된 평범한 열네 살 소녀 하리가 다시 삶의 진실을 찾아가는 성장소설.
★ 한국간행물윤리위원회 청소년 권장도서 ★ 문화체육관광부 우수교양도서

38. 허황옥, 가야를 품다 김정 지음
먼 바다를 건너 가야로 온 인도 아유타국 공주 허황옥의 삶을 조명하면서, 철을 바탕으로 국제 무역의 중심지로 자리했던 가야의 역사를 생생히 전하는 역사소설이다.
★ 학교도서관저널 추천도서 ★ 대한출판문화협회 올해의 청소년도서

39. 외톨이 김인해 외 지음
요즘 청소년들의 왜곡된 삶과 고민을 가감 없이 보여 주며, 그들의 정서적 긴장감과 내면적 따뜻함을 동시에 그리고 있는 세 편의 단편소설이 실려 있다.
★ 제8회 푸른문학상 수상작 ★ 국립어린이청소년도서관 사서 추천도서 ★ 아침독서 청소년 추천도서

40. 그래도 괜찮아 안오일 지음
현실의 부정과 좌절에 길항하는 청소년들의 고민을 진정성 있게 담아낸 청소년시집. 청소년들이 지닌 '생기'를 유감없이 보여 주며 긍정과 희망의 메시지를 전한다.
★ 한국간행물윤리위원회 우수청소년저작 당선작 ★ 한국문화예술위원회 우수문학도서

41. 소희의 방 이금이 지음
이금이 작가의 대표작 『너도 하늘말나리야』의 후속작. 달밭마을을 떠나 재혼한 친엄마와 재회해 새 가족의 일원이 된 열다섯 소희의 욕망과 아픔을 다룬 성장소설이다.
★ 한국문화예술위원회 우수문학도서 ★ 한겨레·예스24 선정 청소년책 30선

42. 조생의 사랑 김현화 지음
조선시대를 배경으로 청년 '조생'이 청나라에 파견되는 연행사로 길을 떠나 사랑과 우정, 정의, 신념 등 삶의 진리를 깨달아가는 과정을 그린 청소년 역사소설.
★ 서울시교육청 남산도서관 사서 추천도서 ★ 〈아침햇살〉 선정 좋은 청소년책

43. 아버지, 나의 아버지 최유정 지음
위탁가정에 맡겨진 열여섯 살 연수가 자신의 친아버지를 찾아 떠나는 여정을 통해 진정한 자아 정체성을 확립해 가는 과정을 밀도 있게 그렸다.
★ 한국문화예술위원회 우수문학도서 ★ 〈아침햇살〉 선정 좋은 청소년책

44. 타임 가디언 백은영 지음
타임 슬립이라는 장치를 통해 개인과 사회에서 일어나는 현실의 문제들을 조명하는 본격 청소년 SF소설. 시공간을 뛰어넘는 구성과 예측할 수 없는 독특한 상상력을 맛볼 수 있다.
★ 〈아침햇살〉 선정 좋은 청소년책

45. 분청, 꿈을 빚다 신현수 지음
고려 최고의 사기장의 아들인 강뫼가 왜구 침입과 왕조의 변혁 등 극한 시대 상황 속에서 분청사기를 만들기까지의 과정을 흡인력 있게 그린 역사소설.
★ 대한출판문화협회 올해의 청소년도서 ★ 아침독서 청소년 추천도서

46. 방울새는 울지 않는다 박윤규 지음
5·18이라는 역사적 사건을 배경으로 그려지는 명창 소녀 '방울'과 고수 '민혁'의 안타까운 사랑 이야기. 슬픈 현대사를 정면으로 바라보고 올바르게 판단할 수 있는 용기를 준다.
★학교도서관저널 추천도서   ★한국문화예술위원회 우수문학도서

47. 악어에게 물린 날 이장근 지음
현직 중학교 교사인 시인이 청소년과 함께 호흡하면서 체험한 담백하고 직설적인 언어가 공감을 불러온다. 청소년들 질풍노도가 마음껏 활개 칠 수 있도록 기운을 북돋는 청소년시집.
★책따세 추천도서   ★대한출판문화협회 올해의 청소년도서   ★어린이도서연구회 청소년 권장도서

48. 찢어, Jean 문부일 지음
아르바이트, 집단 따돌림 등 청소년들이 공감할 수 있는 일곱 편의 이야기가 담겼다. 현실에 갇혀 사는 청소년들의 일탈을 유쾌하면서도 진정성 있게 담았다.
★아침독서 청소년 추천도서   ★한국문화예술위원회 우수문학도서

49. 불량한 주스 가게 유하순 외 지음
실수와 시행착오를 반복하다가 돌연 성장의 분기점을 지나는 청소년들의 '오늘'을 포착했다. 좌절과 반성의 언어조차 싱그러운 청소년들을 응원하게 만드는 네 편의 단편소설 모음.
★제9회 푸른문학상 수상작   ★아침독서 청소년 추천도서   ★네이버 북리펀드 선정도서

50. 신기루 이금이 지음
엄마와 엄마 친구들과 함께 몽골 사막 여행을 떠난 열다섯 다인이가 보낸 6일간의 여정을 통해 또 다른 생명의 고리로 순환되는 모녀 관계에 대한 고찰을 여행기 형식으로 그렸다.
★네이버 북리펀드 선정도서   ★서울시립어린이도서관 추천도서   ★아침독서 청소년 추천도서

51. 우리들의 매미 같은 여름 한 결 지음
섭식장애를 앓고 있는 모녀, 성추행, 보이콧 등 청소년들이 겪는 지독하게 뜨겁고 아픈 이야기가 담겨 있다. 청소년들이 자신 그리고 세상과 화해하는 여정을 솔직담백하게 그렸다.
★한국문화예술위원회 우수문학도서   ★네이버 북리펀드 선정도서

52. 모래시계가 된 위안부 할머니 이규희 지음
일본군 위안부로 끌려가 꽃다운 처녀 시절을 유린당한 황금주 할머니의 실제 이야기를 김은비라는 소녀의 이야기와 엮어 액자 형식으로 쓴 소설로, 일본어로도 번역 출간되었다.
★국제펜문학상 수상작   ★학교도서관저널 추천도서   ★경기도교육청 추천도서

53. 까레이스키, 끝없는 방랑 문영숙 지음
소련의 강제 이주 정책으로 시베리아 횡단 열차를 탔던 17만여 명의 까레이스키들의 고난과 역경, 도전과 설움을 절절하게 그린 역사소설이다.
★한국문화예술위원회 우수문학도서   ★아침독서 청소년 추천도서   ★한우리가 선정한 좋은 책

54. 나는 랄라랜드로 간다 김영리 지음
기면증을 앓는 소년과 그의 가족이 게스트하우스를 사수하기 위해 펼치는 소동을 재기 발랄하게 그렸다. 절망 속에서도 웃으며 싸울 줄 아는 청춘의 싱그러운 맨얼굴이 돋보인다.
★제10회 푸른문학상 수상작   ★아침독서 청소년 추천도서   ★한국문화예술위원회 우수문학도서

55. 열다섯, 비밀의 방 장미 외 지음

영혼의 도플갱어를 찾아 헤매는 외로운 청소년의 자화상이 네 편의 단편소설 속에 어우러져 있다. 청소년들의 내면의 목소리들이 조화롭게 어우러져 다양한 빛깔의 공명음을 들려준다.
★ 제10회 푸른문학상 수상작 ★ 학교도서관사서협의회 추천도서

56. 눈썹 천주하 지음

암에 걸려 1년 4개월 동안 치료를 받던 열일곱 살 소녀가 일상으로 돌아온 뒤의 이야기를 담고 있다. 가족과 친구, 일상이 얼마나 가치 있는 것인지를 새삼 깨우쳐 준다.
★ 국립어린이청소년도서관 사서 추천도서 ★ 한국문화예술위원회 우수문학도서 ★ 아침독서 추천도서

57. 나는 지금 꽃이다 이장근 지음

청소년들의 삶을 제대로 들여다보고 마음을 헤아리는 시 창작 과정을 통해 나온 본격적인 청소년을 위한 시로, 삶이 점점 피폐해지고 있는 청소년들의 마음을 어루만져 준다.
★ 문화체육관광부 우수교양도서 ★ 어린이도서연구회 청소년 권장도서 ★ 학교도서관저널 추천도서

58. 우리들의 사춘기 김인해 지음

겉으로 잘 드러나지 않는 소년들의 감성을 날카롭게 포착하여 진솔하고 강렬하게 그려낸 '소년들을 위한' 소설집. 표제작을 비롯한 여섯 편의 단편청소년소설을 담고 있다.
★ 국립어린이청소년도서관 사서 추천도서 ★ 한국문화예술위원회 우수문학도서

59. 여우 소녀 미랑 김자환 지음

조선시대 임진왜란 발발 즈음의 여수 지방을 배경으로, 구미호에게 아버지를 잃은 묘남과 구미호의 딸 여우 소녀 미랑의 애틋한 사랑 이야기를 담고 있다.
★ 새벗문학상 수상작가

60. 얼음이 빛나는 순간 이금이 지음

아이와 어른의 경계에서 몸살을 앓던 두 소년이 5년 뒤 전혀 다른 풍경을 띠게 된 각자의 삶을 응시한다. 우연으로 시작해 선택으로 이루어지는 인생의 내밀한 진실을 담았다.
★ 윤석중문학상 수상작가 ★ 학교도서관저널 추천도서

61. 택배 왔습니다 심은경 지음

질풍노도를 겪는 청소년과 그의 가족, 친구, 사회의 풍경을 그린 여섯 편의 단편청소년소설. 건강하게 자립하고 따뜻하게 소통할 줄 아는 인물들의 모습에서 희망을 엿볼 수 있다.
★ 한국문화예술위원회 우수문학도서 ★ 학교도서관저널 추천도서 ★ 아침독서 청소년 추천도서

62. 똥통에 살으리랏다 최영희 외 지음

팍팍한 사회 현실 속 청소년들의 고민을 각기 다른 개성으로 그린 네 편의 단편청소년소설을 묶었다. 부조리한 사회와 욕망을 관찰하고 풍자하는 이야기가 공감을 불러일으킨다.
★ 제11회 푸른문학상 수상작 ★ 아침독서 청소년 추천도서 ★ 국립어린이청소년도서관 사서 추천도서

63. 나에게 속삭여 봐 강숙인 지음

어느 날 갑자기 죽음을 맞이한 열일곱 살 소년 서준과 혼령의 기를 느끼는 소녀 아리 그리고 서준의 쌍둥이 여동생 유주가 각자의 방법으로 성장해 나가는 청소년 판타지소설.
★ 윤석중문학상 수상작가 ★ 학교도서관저널 추천도서

64. 아버지의 알통 박형권 지음

촌스러운 아빠와 바닷가 마을에 살게 되면서 정직하게 일하는 사람들을 만나며 한층 성장해 가는 주인공의 이야기가 유쾌한 감동을 선사한다.

★한국안데르센상 수상작가

65. 나는 나다 안오일 지음

청소년들에게 자신의 꿈이 무엇인지 알게 해 주어 스스로 자신의 삶에 당당하게 맞서는 모습을 보고 싶다는 작가의 바람을 담은 청소년시 57편이 실려 있다.

★제8회 푸른문학상 수상작가

66. 순희네 집 유순희 지음

순희네 집에 얽힌 가슴 아프지만 따뜻한 이야기와 성장통을 겪는 순희의 모습을 작가 특유의 섬세한 문장 안에 담아낸 자전적 소설이다.

★제14회 MBC 창작동화대상 수상작 ★제8회 푸른문학상 수상작가 ★한국출판문화산업진흥원 선정 세종도서

67. 첫 키스는 엘프와 최영희 지음

제11회 푸른문학상 수상작가의 첫 청소년소설집으로, 미래에 대한 압박감에 갇혀 십 대 시절을 보내는 오늘의 청소년들에게 부치는 편지 같은 소설 여섯 편을 묶었다.

★제11회 푸른문학상 수상작가 ★아침독서 청소년 추천도서 ★어린이도서연구회 청소년 권장도서

68. 숨은 길 찾기 이금이 지음

이금이 작가의 대표작 『너도 하늘말나리야』의 두 번째 후속작으로 소희의 욕망과 아픔을 다룬 『소희의 방』에 이어 달밭마을에 남은 미르와 바우의 사랑과 꿈을 섬세하게 그려 낸 성장소설이다.

★소천아동문학상 수상작가 ★한국출판문화산업진흥원 선정 세종도서

69. 스키니진 길들이기 김정미 외 지음

아직 미완성인 '나'의 정체성을 찾기 위해 고군분투하는 청소년들의 모습을 그린 네 편의 단편청소년소설이 실려 있다. 청소년이라면 누구나 고민해 봤을 만한 이야기가 공감을 불러일으킨다.

★제12회 푸른문학상 수상작 ★한국출판문화산업진흥원 선정 이달의 책 ★아침독서 청소년 추천도서

70. 나는 블랙컨슈머였어! 윤영선 외 지음

우리 사회를 바라보는 날카로운 시선과 따뜻한 유머가 다채롭게 어우러진 네 편의 청소년소설을 엮었다. 삭막한 현실 속에서도 당당히 자신의 길을 가는 청소년들의 이야기가 매력적이다.

★제12회 푸른문학상 수상작

71. 우리는 가족일까 유니게 지음

5년 만에 엄마의 부고와 함께 미국에서 돌아온 동생으로 인해 방황하는 열일곱 살 소녀의 성장기를 그렸다. 고통스러운 시간을 함께 이겨 내는 가족의 소중함을 다시금 일깨워 준다.

★한국출판문화산업진흥원 선정 세종도서 ★서울시교육청 어린이도서관 청소년 권장도서

72. 사과를 주세요 진 희 외 지음

꿈과 현실 사이에서 당차게 자신의 길을 찾아 나선 청소년들의 삶을 이야기하는 네 편의 청소년소설이 실려 있다. 찬란하게 빛나는 청소년들의 굳건한 의지와 신념이 유쾌하고 따뜻한 시선으로 그려진다.

★제13회 푸른문학상 수상작 ★한국출판문화산업진흥원 선정 세종도서

73. 신라 공주 파라랑 김 정 지음

고대 페르시아 서사시 「쿠쉬나메」의 시공간을 배경으로 한 역사소설. 낯선 이국 땅 페르시아로 건너가 사랑으로 고난을 극복하는 신라 공주 파라랑의 삶은 희망이라는 인간 본연의 메시지를 전한다.
★제1회 푸른문학상 수상작가

74. 옥상에서 10분만 조규미 지음

제10회 푸른문학상 수상작가의 첫 청소년소설집으로, 관계 속에서 사소한 말이나 장난이 큰 사건이 되어 돌아왔을 때 겪게 되는 고민과 갈등을 섬세하게 다룬 소설 다섯 편을 묶었다.
★제10회 푸른문학상 수상작가

75. 별에서 별까지 신형건 지음

지난 30여 년간 아이들과 어른들 모두에게 사랑받는 동시를 써 온 시인의 작품 중 특별히 청소년들에게 공감을 살 만한 시들을 골라 엮었다. 자극적이지 않은 언어로 마음을 어루만지는 청소년시집.
★대한민국문학상 수상작가 ★한국출판문화산업진흥원 청소년 권장도서

76. 뱅뱅 김선경 지음

어른들은 몰라서 더 재미있는 진짜 우리 이야기. 지금 청소년들의 속마음을 거침없이 그려 낸 개성 강한 청소년시집. 긴 방황의 끝에서 진정한 자신을 찾기를 바라는 시인의 바람이 담겼다.
★제11회 푸른문학상 수상작가

77. 우리들의 실연 상담실 이수종 지음

실연 극복 프로젝트에 참가하는 다섯 명의 아이들이 서로를 보듬으며 사랑의 아픔을 극복하는 과정을 담았다. 청소년들의 마음결을 다독이는 위로의 목소리는 다시 사랑할 에너지를 불어넣는다.
★제12회 푸른문학상 수상작가

78. 연애 세포 핵분열 중 김은재 지음

꽃보다 아름다운 열일곱 살 청춘들이 진정한 사랑을 찾기 위해 나섰다. 아름다운 사랑을 꿈꾸지만, 사랑에 서툴러 좌충우돌, 고군분투하는 청소년들의 성장을 그린 여섯 편의 청소년소설을 한데 엮었다.
★제13회 푸른문학상 수상작가

＊〈푸른도서관〉 시리즈는 계속 나옵니다!